Naoki
ikushima

OCTOPATH TRAVELER®

～八人の旅人と四つの道草～

鰤／牙
Blitz/Kiva

イラスト：生島直樹
ブックデザイン：井尻幸恵

目次

サイラス先生の課外授業

シルティージの月　第一の週　風曜日

あたしが旅に出てから、かなりの時間が経《た》ちました。最初は一人ではじめた旅も、気がつけば大所帯になっていて、毎日がとても賑《にぎ》やかです。

中でもサイラス先生は、フラットランドとコーストランドが隣どうしなこともあって、同じ話題で盛り上がることがよくあります。感情的になることはあんまりない先生だけど、決して冷たい人というわけではなく、普段から落ち着いている分とても頼りになる大人の人です。

ただ、ちょっとだけ不思議なところもあって……。

それはストーンガードに向かい、アトラスダムを発《た》ってから、数日後のことです――。

「この調子なら、今日中にはコーストランド地方に入るか」

街道沿いを進む道中、オルベリクが地図を広げて言った。

生まれも育ちもバラバラな八人ともなると、その旅も一筋縄ではいかない。そもそも旅慣れたと言えるような経験を持つのは、流れ者のテリオンと野営に一家言のあるハンイット、それから従軍経験のあるオルベリクくらいなもので、残る彼らは育った街を出たことがないか、あるいはあっても長旅まではしたことがない、といった場合がほとんどだ。
「その割には、意外とみんなタフなんだな」

今回も、普段より速いペースでフラットランドを抜けようとしている。ハンイットは、列の真ん中くらいで後ろを振り返り、そんなことを呟《つぶや》いた。すでにアトラスダムを出てかなりの時間を歩き詰めだが、息を切らせた様子もない。彼女のすぐ側には、雪豹《ゆきひょう》のリンデがつんと澄ました顔で座っていた。

「そうだね。アーフェン君やオフィーリア君もあまり長旅の経験はなさそうだったが、音《ね》を上げずによく付いてきてくれている」

少し遅れるようにして列の真ん中を歩くサイラスが同意を示した。彼も呼吸ひとつ乱さずに、この行軍に付いてきている。プリムロゼとテリオンは、オルベリクと共に彼らよりも少し前のあたりを、トレサ、アーフェン、オフィーリアは、列の少し後ろの方を歩いていた。

ハンイットは少し呆《あき》れたような顔をした。

「サイラス、わたしが言った『みんな』には、あなたも含まれているんだぞ」

「ふむ、そうかい？」

そう言われても、サイラスは眉ひとつ上げずに平然としている。

「ハンイット君は、学者の仕事は研究室で本を読むことだと思っているようだね。無論それは重要なことだが、私だってフィールドワークを疎《おろそ》かにするタイプの人間ではないよ。身体が資本だ。鍛えているというわけではないが、歩くことには慣れているつもりだ」

「そういうものか……」

ハンイットはそのまま、列の後ろの方へと視線をやった。ちょうど坂の下の方から、ひいひいと息を切らせながら、大荷物を背負って登ってくる小さな影がある。そのたくましさや口ぶりは一端《いっぱし》の商人ながら、まだ十代特有のあどけなさを顔立ちに残した少女、トレサ・コルツォーネだ。彼女のすぐ後ろを、アーフェンとオフィーリアが心配そうに声をかけながら付いてきている。

「トレサさん、お荷物、少し持ちましょうか……？」

「ぐぐ……。大丈夫よ、オフィーリアさん……！」

歯を食いしばりながら、声を絞り出すトレサ。

「商人、舐《な》めないでよね……！　このっ……くらいの、坂ぁー‼」

この日は天候も良く、フラットランドの日差しが街道を行く者を強烈に照りつける。トレサは顔中に汗を貼り付け、一歩一歩踏みしめるようにしながら街道を進んでいた。

「トレサ君はだいぶ厳しそうだね」

そんな小さな商人の様子を振り返り眺めながら、サイラスは自らの顎《あご》を撫《な》でた。

「彼女だけ飛び抜けて体力が低いというわけではないはずだが。やはりあの大荷物を背負っての長旅は厳しいものがあるのだろうか」

トレサの背負う大荷物は、遠くからでも目を引くほどである。彼女はあれを、故郷であるリプルタイドを出た時からずっと背負っていた。商人として取り扱う品を運ぶのだから、荷物はほかの仲間たちより膨れ上がって当然だ。一頭ロバを余計に借りるという話もあったが、トレサはその荷物を自分で運ぶことにこだわった。

商人としての彼女が自分で運びたいというのなら、それについては誰も口出しできないし、しない。学者としてのサイラスや、狩人としてのハンイットに誰も口を出さないようにだ。そういった奇妙な関係で、この八人は成り立っていた。

「ハンイット君、ここで私は一旦《いったん》休憩を提案するよ」

一生懸命坂を登ってくるトレサを見つめながら、サイラスは提案をする。

「ああ、それが良さそうだな」

ハンイットが列の先頭の方に目をやると、地図を畳んだオルベリクが、こちらを見て小さく頷《うなず》いていた。

サイラスは別に、学者として提言したわけでもないし、ハンイットも狩人としてその発言を認めたわけでもない。単なる旅の同行者として、頑張って坂を上がって来たトレサには息を整えるだけの時間をあげようというだけの気遣いだ。これに関しては多分、だいたいみんなが同じ判断だろう。

「ついたーっ‼」

坂を登りきったトレサは満面の笑みと共に両手をあげた。

「そうそう、確かこの坂の上だよ！　すごく綺麗《きれい》な海が見えるの！　アーフェン、オフィーリアさん、こっちこっち！」

「お、おいトレサ！」

「トレサさん、少し休んだ方が……」

それまでへばっていたとは思えない元気良さで駆け出していくトレサを、アーフェンとオフィーリアが追いかけていく。そんな様子を眺めて、サイラスは肩をすくめた。

「杞憂《きゆう》だったかな？」

「まさか。トレサが無理をしている……とはわたしも思わないが、無茶はしている。今日の野営は早めにして、彼女はしっかりと休ませた方が良い」

「なるほど」

ハンイットの言葉に、頷くサイラス。

トレサは、坂の上から見える景色を追いかけて来た二人に見せ、なにやら得意げにしていた。

そういえば、とサイラスは思い出す。リプルタイドを初めて発ったトレサは、街道を北沿いにアトラスダムへと向かったと聞いた。道中、この坂も一人で通ったはずだ。楽な道のりではなかっただろう。しかしそれでも、その過程で彼女には見つけたものがあった。例えばこの景色のように。

平原を抜け、坂を越え、この先にはトレサの故郷コーストランド地方がある。海風と潮《しお》騒《さい》の地。澄み渡る空と紺碧《こんぺき》の海。徐々に近づいてくるコーストランドの風景を、磯の匂いと共に風が運んできていた。

この景色を初めて見たときの彼女の感動は、きっと彼女だけのものだろう。

そう思えば、トレサが自分の足で旅をすることにこだわる理由も、サイラスには少しだけわかるような気がした。未知の世界へ初めて足を踏み出すときの感動と興奮、胸の高鳴りはサイラスにも覚えがある。

サイラスは、木の下で再度地図を広げているオルベリクの方へ歩いて行き、彼に尋ねた。

「オルベリク、旅程は順調だろうか」

「ああ、むしろ少し早いかも知《し》れん。少しペースを落とそうかと考えている」

「おやそうかい。私もそれを提案しようと思っていたんだが」

「まあ、トレサのあの様子を見ればな」

オルベリクの視線の先には、重い荷物を背負って腰を下ろすトレサの姿がある。先ほどは元気に飛び跳ねていたように見えたが、疲労の色を隠しきれているわけではない。

旅慣れていない面子《めんつ》に合わせて、無理のない旅の計画を立案したのはオルベリクだ。彼には仲間たち全体がちゃんと見えている様子だし、今後の旅程に関しても過度の心配は無用だろう。

「オルベリク、あなたはトレサ君が旅に出た理由を知っているかい？」

「いや？　そういえば聞いたことがないな。俺やお前とは違って、旅をすること自体が目的のように感じていたが」

「そうだね。誰かから譲り受けた手記を旅の頼りにはしているようだが、明確な目的があっての旅というわけではなさそうだ」

オルベリクは地図を畳み、『ふむ』と呟いた。

「お前も直接聞いたわけではないのか」

「ああ。少し気になってしまっただけだよ」

「気になるなら直接聞き出してみたらどうだ。迂遠《うえん》に探るより、そっちの方が早いことも多いぞ」

そんなオルベリクの言葉を聞いて、サイラスははたと動きを止めた。彼は手を打ったりはしなかったが、埒外《らちがい》の妙案を聞いたかのように満足げに頷く。

「それもそうか。ついつい余計な詮索《せんさく》をしてしまうのは、私の悪い癖だな」

「自覚があったのか……」

ぼそりと呟いたオルベリクの言葉は、サイラスに聞こえてはいなかった。


オルベリクの予想通り、一行は夕刻前にしっかり余裕をもって、コーストランド地方へと差し掛かることができた。移動のペースは少し落としてゆっくりめにはなったものの、全体の旅程で考えれば遅れの内にも入らない。波音の聞こえる街道沿いに野営の準備をし、一行は思い思いの時間を過ごしながら、夜を迎える。

「シルティージの月、第一の週、光曜日、久しぶりにコーストランドまで帰ってきました。フラットランドから見る故郷の景色はとても綺麗で――」

テントの外、ランプの灯《あか》りを頼りに、手記へとペンを走らせていたトレサだが、そこで手を止めると、顔をあげた。

こうして地元へ戻ってきてみると、まず驚かされるのは、寄せては返す波の音だ。

「波の音って、こんなに大きいのねー……」

リプルタイドにいた頃は気づかなかった。

こうして何もない真っ暗な夜をコーストランドで過ごすと、まるで海に抱かれているような錯覚を覚えてしまいそうだ。故郷を出てアトラスダムへ辿《たど》り着くまでの道中、ずっとそんな気持ちだったことを、トレサは思い出していた。

「最初は怖かったなー。アトラスダムまではずっと一人だったもんね」

気がつけば波にさらわれて、沖合に流されてしまっているなんて夢は幾度となく見たし、その夢を見るたび、浜辺から寝袋の位置を大股五歩分くらいずらしたりした。

トレサは、それからもう一度、手記に視線をおろした。ここで感じたこと、思ったこと、口に出したことをひとつひとつ書き記し、こう続ける。

「でも、今は一緒に旅をする人がたくさんいるので、不安に思うことはありません、と」

テントの中にはプリムロゼやハンイットやオフィーリアがいるし、男性用テントの方にはオルベリクやテリオンたちがいる。

どうしてこの八人で旅をすることになったのか。そう昔のことではないはずなのに、具体的なきっかけは忘れてしまった。ただ、トレサの旅は気がつけば一人、二人と仲間たちが増えていって、今ではこれだけの大所帯になった。みんなトレサにとっては頼りになる旅の仲間だ。

歩き詰めで疲れたトレサを気遣って、先ほどアーフェンは塗り薬の処方をしてくれた。薬草を煎《せん》じたもので、冷湿布で巻いておけば筋肉疲労を和らげる効果があるという。

トレサは早速言われた通りにして、ふくらはぎに薬を塗った後、冷やした湿布を上から巻いた。潮風が布を冷やして、ちょっと気持ち良い。

「結局、今回もアーフェンはお代を受け取ってくれませんでした」

トレサは手記の中で、薬のことにも触れる。

彼の処方してくれる薬に代金を支払おうとして、やんわり断られたことは、一度や二度ではない。トレサはそんなアーフェンに『商人として薬師《くすりし》の処方薬にお代を払わないなんてわけにはいかないわ』と言うのだが、彼の返事は決まってこうだ。

『それじゃあ、薬師じゃねぇ、俺個人からトレサにあげたモノってことにしといてくれ』

彼の善意に押し切られてしまって、トレサがアーフェンに薬代を支払えたことは一度もない。だが、それこそがアーフェンの信念に基づいた結果であると、トレサも理解している。

「こういう風に、世界中の人に薬を届けて助けたいというのが、アーフェンが旅に出た理由だそうです」

古びた紙の上を走って行くペン先は、いつしか、同行する旅の仲間たちのことを記し始めていた。

かつての戦友の真意を問いただすために旅に出たオルベリク。

親友に代わり、聖火《せいか》教会の儀式を執り行うために旅に出たオフィーリア。

音沙汰がなくなった師匠の行方を探すために旅に出たハンイット。

「みんなそれぞれ、旅の目的があります。そんな中、あたしは――」

そこで、それまで淀《よど》みなく動いていたはずのトレサの筆は止まってしまった。

「あたしは、あたしは――、うーん……」

あたしは、なんだっけ。

トレサはペンを置いた。珍しく腕を組み、口をへの字に結んで空を仰いだり、逆に地面を睨《にら》みつけたり、うんうんと唸《うな》ってはみるものの、続きがさっぱり思いつかない。

旅に出た理由。もちろんトレサにもそれはある。ただ、これまで並べてみた他の人の理由に比べると、あまりにもこう、しょっぱいというか、みみっちいというか。信念も、理想も、特別な事情もそこにはない。

ただ街の外に何があるか知りたかったから、名もなき旅人の遺《のこ》した手記と、その旅路に憧れたなどという、あまりにもありふれた望み。

華美な修飾詞や大言壮語を用いて文章を飾り立てようとしてみたが、それでも続きは思いつかなかった。

トレサがそう悩んでいる時だ。

「おや、まだ起きていたのかい。トレサ君」

聞き慣れた声がして、トレサは顔をあげる。夜闇の中、ランプの薄明かりに照らされて、一人の男の顔が浮かび上がる。年齢を悟らせない若々しい容貌《ようぼう》と、それに反した落ち着いた佇《たたず》まい。サイラス・オルブライトだ。

サイラスが旅に出た理由も、トレサは彼本人から直接聞いている。

経緯自体には多少の成り行きがあるとはいえ、サイラスの旅にはサイラス本人の明確な目的がある。図書館から紛失したという書物、『辺獄《へんごく》の書』を探すためだ。ここには、『あまねく知識は万人に共有されるべき』というサイラスの信念が関わっている。これだって立派な理由のひとつだと、トレサは思っていた。

「えーっと、その、手記の続きを書いていたら詰まっちゃって」

膝上に広げた手記を閉じながら、トレサは正直に答える。

「ふむ」

サイラスはちらりと手記に視線をおろしてから、またトレサを見た。

「失礼、座っても？」

「あ、どうぞどうぞ。何のお構いもできませんけども」

「では」

と、トレサの近くにある手頃な小岩の上に腰を下ろすサイラス。

「何かを記すのに、難しく考える必要はないよ。思ったことをそのまま書けば良い」

「そのまま、かぁ」

「そう。何か特別な言葉で飾り立てたりする必要はない。特に手記という体裁《ていさい》であればね。トレサ君、君が思ったことを思ったままに、そのまま書くのが一番正しい……」

そこまで言って、サイラスはふっと笑った。

「……とは言え、それ自体が難しい時もある。私で良ければ君の考えをまとめる手伝いをしようと思うが、どうかな？」

「えっと……」

トレサは少しだけ逡巡《しゅんじゅん》したが、それでもすぐに意を決した。

なにせ、アトラスダムの王立学院で教鞭《きょうべん》を執っていたサイラス・オルブライトだ。こういった悩み事を相談するのに、これ以上の相手はいない。その気になればこのテーマで聴衆を集めてお金を取れるかもしれない。

不意に浮かんだ商売案は頭の隅に追いやるとして、トレサはサイラスに自分の悩みを真剣に打ち明けることにした。

手記に旅の仲間たちのことを記していくうち、自分の旅には彼らのような信念や理想がないことが気にかかってしまったということ。自分の旅の出発点は、何も特別なことはない、どこにでもあるごくありふれた望みだったということ。それを卑屈に思うつもりは一切《いっさい》ないが、ついそこで筆が止まってしまったこと、などだ。

「なるほど」

サイラスは小さく頷き、自らの顎を撫でた。

波の音だけが静寂を揺らす中、か細い灯火がサイラスとトレサの顔を煌々《こうこう》と照らしている。

「サイラス先生は、失くなった本を探して旅に出たのよね？」

「そうだよ。もちろん、学院にいられなくなったからというのも理由のひとつではあるが……いや、どちらかというと、これはきっかけかな」

サイラスの口ぶりは、怒りや後悔といったものとは無縁である。

「トレサ君は、この私の理由も『立派なもの』だと思ってくれているわけだね？」

「そりゃあ……うん」

トレサは小さく頷いた。

「サイラス先生らしいなとも思うし。ちゃんと自分の信念に基づいてるあたりが、大人だなーって」

「私とトレサ君では一回り以上違う。これで大人でなければさすがに示しがつかないよ」

サイラスは苦笑いを浮かべつつ、しかしこう続ける。

「だが信念というのも、必ずしもひとつの形を取っているわけではない。私はトレサ君の行動にも信念を見出せると考えているし、そこに敬意を払えるとも考えている」

「そうかしら」

「そうだよ。……と、言葉で言ったところで、納得してもらうのは難しいかな」

サイラスは星空を見上げて、本題を切り出すようにこう言葉を続けた。

「ちょうどいい。私もトレサ君に聞こうと思っていたんだ」

「サイラス先生があたしに？　何を？」

目を丸くするトレサ。尋ねられたところで、サイラスに教えられることなど、商売人の心得くらいなものではないだろうか。

「君が旅に出ようと思った理由だ。君は先ほど、私やオルベリクたちに比べて大したことのない理由だと言っていたが、具体的なことは聞いていなかったと思ってね」

「うーん……」

トレサは頬《ほお》をかく。改めて口にしようと思うと、ちょっと気恥ずかしいというか。サイラスを前にして胸を張って言えるようなことでもないというか。

でも相談すると決めたからには、これを黙っているのも変な話だ。

「本当に大した理由じゃないの。ただ、見てみたくって」

「見てみたかった？」

「うん」

トレサは手記を手にしたまま立ち上がり、夜の帳《とばり》に包まれた周囲の風景を一望した。かすかな星と月の明かりだけでは、黒く染まった海を見通すことはできない。この静かな世界の中では、その水平線すら闇に溶け出して、空と海と大地の境界は、限りなく曖昧《あいまい》になっている。

その中で、寄せては返す波の音だけが、時間の経過と共に、ここがコーストランドであることをトレサとサイラスに教えてくれていた。

「水平線の向こうには、何があるのかな、って」

トレサが生まれ育ったのは、コーストランドの港町リプルタイドだ。一緒に旅をする他の仲間たちに比べれば、ドラマチックなことは何もない、どこにでもあるような十八年間だったのではないかと思う。

トレサは毎日のように潮風を浴び、今と同じような波音を聞き、両親のもとで商人のイロハを学んでいた。そしていつしか、港の向こうにある水平線を眺めて、こう考えるようになった。

あの水平線の向こうには、いったい何があるのかな……。

トレサが旅に出た理由なんて、それだけだ。

その気になれば、旅に出ずとも知る方法はあった。しかしそのいずれの方法でもきっと、トレサは満足できなかっただろう。初めてコーストランドからフラットランドに入り、そして今まで自分が通ってきた道のりを振り返ってみた時に、その漠然とした思いは確信へと変わっていた。

だから、トレサが旅に出た理由に、それ以上のものはない。

もちろん、きっかけをくれたのは商船船長レオンと、彼が譲ってくれたこの古びた手記だ。この手記に記された言葉が、トレサの想いを後押ししてくれた。

「なるほど」

サイラスは目を瞑《つぶ》り、深く頷いている。

がっかりさせちゃったかしら、とトレサは思った。サイラスは人の考えたことをバカにするような浅慮《せんりょ》の持ち主でないとは言え、特別何かに感動するようなドラマチックな理由でもない。

「だからね、サイラス先生、あたし本当に……」

「それは、素晴らしい理由だね」

「え、ええっ⁉」

予想外の反応に思わず大きな声を出してしまうトレサ。

「で、でもだってサイラス先生。本当にそれだけっていうか、漠然とし過ぎっていうか。危険な一人旅を始めるにしてはあまりにも子供っぽい理由っていうか……！」

しかし、サイラスの表情はあくまでも真剣そのものだった。

「いいかいトレサ君。何かを疑問に思い、知りたいと望む。それこそが学問の扉へと至る最初の階だ。もっとも――」

そう語る彼の言葉は、若干の熱を帯びている。サイラスは自らが興味を持った事柄に対しては、語気に力を込めてしまうということを、トレサは短い付き合いのうちで十分承知していた。

「――もっとも、この疑問を抱くものは大勢いる。しかしね、そこで扉を開けられる……つまり、知るための行動に出られる者というのは、そう多くはないんだよ。トレサ君、君は自らの疑問に対して自分の手で扉を開け、そして未知へと足を踏み出した。私は学者として、君の旅の動機に対して敬意を表するよ」

サイラスは至極真面目な顔で賛美を語った。トレサはくすぐったくなって、ついはにかんでしまう。

「そ、そうかなぁ。えへへ……」

「そうだとも。トレサ君の好奇心と行動力は、学者に向いている」

サイラスが世辞を言うような男ではないとわかっていても、正面から受けとめるには大きすぎるほどの賞賛だった。ましてや、アトラスダムの王立学院で教壇に立っていた男から、『学者に向いている』とまで言われたのだ。

「私はその、しょ、商人ですから」

本心はそちらであると言っても、頬が緩んでしまうのは仕方がない。

「サイラス先生にそうまで言われると、えへへ。悪い気しないなー」

「結構。手記の続きは書けそうかな？」

「はい、ありがとうございます！　サイラス先生」

トレサの元気いっぱいの謝辞を受け、サイラスも穏やかに微笑《ほほえ》む。

トレサは再び膝の上に閉じた手記を開く。サイラスの言葉を受けて、もう一度、自分の頭の中で気持ちを整理しなおす。ペンの羽根で額をくすぐりながらちゃんと言葉を考えて、それからペン先をインクにつけて、ページの上に走らせた。

「そんな中、あたしは、ある時からずっと気になっていた『水平線の向こうには何があるのか』を知るために、旅に出ました」

誰かに褒められたかったわけではない。

誰かに認められたかったわけでもない。

トレサが旅に出た理由は、本来はトレサだけのものだ。

それでも、今しがたサイラスに言われた言葉には、長旅に疲れたトレサの心を大きく揺さぶるだけの力があった。

「答えはまだ見つかっていません。でも、この手記が埋まる頃にはきっと、それが見つかっているといいなと思います、と……」

うん、まあ、悪くないんじゃないかしら。

トレサは手記のページを広げたまま手に持って掲げてみる。

顔をあげると、そこにはサイラスが満足げに頷いていた。

「う……。あんまり人の手記を見るのは良い趣味じゃないわよ、サイラス先生」

「失礼。だが手記を見ていたのではないよ。手記にペンを走らせるトレサ君を見ていた。実に、いい表情をするようになったね」

「そうかなー」

「そうだとも。君が何を思い、何を記したのか。興味が尽きないのは事実だが……それは私が踏み込んでいいところではないからね。そこに記された内容は君だけのものだ」

トレサは、手記を閉じてから鞄《かばん》へとしまう。

「でも、サイラス先生は、知識を独占するのが嫌な人なんじゃないの？　前にそんなこと言ってなかった？」

サイラスの方を見て疑問を口にすると、しかしサイラスは肯定も否定もせず、まずは『ふむ』とだけ言った。

「確かに、知識とはあまねく人々に対して開かれているべきだというのが私の考えだが……。君がその手記に記した内容は、知識ではなく『経験』だ。それは書物を読み解いただけでは得られないものだよ。どちらも学問に必要なものではあるがね」

「うーん。わかるような、わからないような……」

「そうかい？　ではもっとわかりやすく講義しよう。そもそも学問における『知』とは……」

木の枝を拾い、地面を黒板がわりに板書を始めたサイラスを、トレサは慌てて止めた。これは絶対話が長くなる兆候だ。

「あっ、わかりました！　わかりましたサイラス先生！　今すごく閃《ひらめ》きましたんで！」

「ふむそうか。しかしもっと知りたいだろう?」

トレサがこの時ものすごいしかめっ面をしたのだが、サイラスは砂の上に板書をするのに夢中でまったく見えていなかった。

「スサンナ・グロトフという学者が記した本によれば……」

「さ、サイラス先生! もう夜だから! 時間遅いから! ね⁉」

「確かに。それもそうだ」

そう言って顔をあげるサイラスを見て、トレサはほっと胸をなで下ろす。

「ともあれ、私との会話がトレサ君の助けになったのなら何よりだ」

木の枝を地面に置き、講義のまとめに入ったような口ぶりになるサイラス。

「うん。すっごく助かったわ。ありがとう、サイラス先生」

「礼には及ばないよ。私も君という人間の人柄をより知ることができて、これも大きな収穫だった」

サイラスはそう言って立ち上がる。

「さて、明日も早い。トレサ君はそろそろ寝た方が良いだろう」

「うん。サイラス先生もね」

「いや、私はもう少しこの付近を散策しようと思っているよ」

「ええっ⁉」

さも当然のように言ってのけるサイラスに、トレサは当たり前の反応をする。この『ええっ⁉』には、『なんでですか⁉』という疑問と、『早く寝ましょうよ！』という抗議の意味が含まれている。

しかしサイラスはといえば、まったくもっていつもの調子で、

「何しろコーストランド地方に足を踏み入れるのが久しぶりだ。いろいろ興味が尽きないのだが……。私の都合で旅程を遅らせるのも申し訳ないからね。調べられることは夜のうちに調べておきたいと思ったのさ」

「え、ええー……」

「トレサ君は早めに休みなさい。疲れを翌日に残すと、アーフェン君の気遣いも無駄になってしまうからね」

トレサがアーフェン謹製の湿布を貼っていることもお見通しらしい。

サイラスは『では』と言い残して立ち上がる。どうやら本気で夜の散策に赴くつもりらしい。それも一人で。リプルタイド海道周辺はトレサが一人旅で通れたくらいだから、実はさほど危険というわけでもないのだが。

ならばなおさら、いったいこんな時間にどこで何を調べようというのか。

そのまま歩いて行こうとするサイラスの服の裾を、トレサは掴まえた。

「待ってサイラス先生！」

サイラスは自然と、トレサを見下ろす形になる。

満天の星の下、ランプに照らされるサイラスの顔を、トレサは見上げていた。

「なんだい、トレサ君」

「あたしも行くわ！」


なんでそんな言葉が口をついて出たのか。自分でもよくわからない。

サイラス先生が心配だった。というのは、いささか説得力に欠ける。それなら無理やりにでも止めるべきだったし。行くというのならオルベリクなりハンイットなりを起こして一緒に行かせるべきだった。

だから、『あたしも行くわ！』なんて言った理由は、
強いて言うのなら、

「……好奇心？」

トレサは砂を踏みしめて歩くサイラスの背中を見て、首を傾《かし》げた。

サイラスが自分の故郷であるコーストランドの何にそんな興味を持ったのか、それ自体に興味があったというか。それにこうして夜のリプルタイド海道を歩くこと自体、実は初めての経験で、それが楽しそうだったというか。

つまり好奇心だ。

さきほど、サイラスに褒められたばかりの好奇心と行動力が、こんなところで発揮されるとは思わなかった。

「戻るかい？　トレサ君」

足を止めていたトレサの方を振り返って、サイラスはそう尋ねてきた。

「あ、ううん。別に疲れたとかじゃないの」

「そうか。私も君に無理をさせたり、危険な目にあわせるのは本意ではないからね。何かあったら正直に言ってほしい」

サイラスの言葉は、一人の大人として、トレサの体調を気遣っているものだ。過剰なお節介や余計なお世話というわけでもない。おそらく学者として王立学院に勤務していた頃から、生徒一人一人に対してこうした気遣いはできていたのだろう。

「（まあ、そりゃあ人気出るわよね）」

サイラスの悲劇は、それだけの気遣いができていながら、異性が自分に向ける好意に対して鈍感すぎたところだ。いや、あるいは単に、生徒として見ていた女性を異性としてとらえることができなかっただけかもしれないが。

トレサはサイラスに追いついてから、彼の横顔を見上げる。

「ねえ、サイラス先生。変なこと聞いちゃうんだけど」

「なんだい、トレサ君」

「なんであたしが行くって言った時、反対しなかったの？」

そう。これだけ心配をしてくれるにもかかわらず、サイラスはトレサの同行を割とあっさり認めた。

トレサが疲れを翌日に残すかもしれないという懸念だって、彼の口から語られたものだ。

それなのにサイラスは、トレサが『行くわ！』と言った時、反対をしなかった。

「難しい質問だ」

「え、そう？」

サイラスが微笑みながら言ったのを、トレサは聞き返していた。

「王立学院に勤務していた時でも、こんなに難しい質問をしてくる生徒はなかなかいなかった。確かに私は、良識ある大人の立場として、トレサ君の同行には反対するべきだったのだが……」

「うん」

「正直に言うと、私はトレサ君の申し出が嬉《うれ》しかったからではないかと思う」

サイラスの言葉に、トレサは目を丸くした。

それは、彼の口から出る言葉としては、まったく予想外のものだったからだ。

「う、嬉しかった？」

「そうだね。もっとも適切な言葉を当てはめるならそうなるだろう」

サイラスの言葉は、いつも迂遠だ。トレサはサイラスの普段の言動と『嬉しかった』という言葉の意味を、なんとか頭の中でつなげようとしてみたが、まだ幾つかパズルのピースが足りないような気がして、なかなか埋まらない。

ピースを埋めるために、さらに質問を続けようと口を開くが、トレサはすぐに言葉をつぐんだ。

「さて、到着だ」

リプルタイド海道から少し外れた砂浜を歩くことしばらく。

二人の目の前には、大きな洞窟がその口を開けて待ち構えていた。トレサはサイラスの言葉を聞いてようやく、ここが彼の目的地だったことに気づく。長くコーストランド地方に暮らしているトレサも、聞いたことがない場所だった。

「リプルタイド海道の近くに、こんな洞窟が……」

「以前、コーストランドにフィールドワークで訪れたとき、偶然見つけた洞窟でね。気にはなっていたんだが、当時は調査する時間がなかったんだ」

サイラスはランプを掲げ、洞窟の内部を照らす。

洞窟は地下に向けて長く伸びていて、周囲が砂浜なので少しわかりづらいが、内部からは微かに潮の香りが届いてくる。

「洞窟の入り口はこうして海側を向いているが、波に削られたにしては形や場所が妙だと思ってね。なんとも不可解な場所なんだ」

そう語るサイラスの顔は、妙に活き活きしていた。ただでさえ三十歳とは思えないほどに若々しい彼だが、こういう時は子供のような笑顔を見せる。なんのことはない。彼自身が好奇心と行動力の権化のような男なのだ。

「な、なるほど……」

トレサは洞窟の中を、目を凝らして覗《のぞ》き込んでみる。彼女もまた、不安よりも好奇心が勝っていた。そしてトレサはすぐに『あっ！』と声をあげて、洞窟の入り口に足を踏み入れる。

「トレサ君？」

「見て見て、サイラス先生！　これ！」

トレサは洞窟の入り口に貼り付いていた巻貝を拾い上げた。暗闇の中、はっきりと蛍光色を放つ大きな貝殻を背負っている。

「ガラス貝だわ！　こんなに大きいの初めて見た！」

「ほう……。そう言えばトレサ君は、道中でも砂浜でよくガラス貝の貝殻を集めていたね」

「コーストランドの子供たちはみんな集めるのよ。お小遣いになるから」

この地方の浜辺には、よくガラス貝の貝殻や、その破片が打ち上げられる。綺麗な透明の貝殻で、ときおり青や赤などの差し色があるのがガラス貝だ。コーストランドにはどこにもこれを加工して生計をたてる職人がいて、少額の現金《リーフ》と交換してくれる。トレサもよく砂浜を歩き回っては、こうして小遣いを集めたものだ。

しかし、砂浜にはあれだけの貝殻が流れつくのに、こうして生きたガラス貝が見かけられることはほとんどない。

「なるほど。貝殻は透明で、本体が生物発光しているのか……」

サイラスは、トレサの手のひらの上のガラス貝をしげしげと眺め、しきりに頷いていた。

「こんなところで見つかるなんて……。他にもいるのかな……」

「可能性は高いだろうね。どうやら見たところ、人が足を踏み入れた形跡もほとんどないような洞窟だ」

「なんだか……」

トレサはごくりと唾を飲み込んで言った。

「なんだか、わくわくしてきたわ」

「……だろう？」

サイラスは口元を微かに緩め、子供のように笑った。


洞窟の入り口をしばらく降りていくと、地下には思っていた以上に広く、入り組んだ空間が広がっていた。耳をすますと、洞窟の奥からは波音が響いてきており、海と繋《つな》がっていることがわかる。

冷えて澄み渡った空気が、肺をいっぱいに満たすような感覚があった。トレサとサイラスは、その清澄《せいちょう》な空間に足音を響かせながら、探索を続けていく。

十歩あるくごとに、生きたガラス貝が岩壁に貼り付いているのを見つけてしまう。あまり取りすぎないようにしようと思いつつ、トレサは大はしゃぎだった。

「あーあ、子供の頃のあたしに教えてあげたいなー。けっこうな値がつくわよこれは」

サイラスはと言えば、ときおり膝をついて地面を観察したり、壁をなぞって目を細めたりしながら、トレサの少し後ろを歩いている。

「トレサ君。そこはまっすぐではなく、右側の通路を通ろう」

「あ、はーい」

ガラス貝のある方へついつい歩いて行きがちなトレサだったが、サイラスの言葉には素直に従う。トレサは足を止め、後ろのサイラスへ振り向いた。

「サイラス先生、どう？　面白いものはあった？」

「ああ、なかなか興味深い。やはり少しばかり夜更かしをして正解だった」

「ふふ、あたしも」

トレサは笑顔を浮かべて、洞窟の天井《てんじょう》を見上げた。

もちろん、上物のガラス貝を見つけて機嫌が良いというのもある。しかしこの洞窟の探索行自体が、トレサにとっては楽しかった。

初めての場所。初めての風の匂い。リプルタイドの近くにこんな場所があることすら、トレサは知らなかったのだ。

「世界は宝物に満ちている、かぁ」

何度も何度も読み返した、あの手記に記された言葉を思い出す。

これを宝物と言えるのかはわからないが、まだ見たことのない場所が思いもよらぬほど身近な場所にあったことは、トレサの心を大いに盛り立ててくれた。

「そういえばサイラス先生、この洞窟、魔物がいないわね」

通路をしばらく歩いたあたりで、トレサはふと思ったことを口にした。

リプルタイドのすぐ西にあるマイヤ洞窟には、さほど強いわけではないものの、魔物の生息が確認されている。トレサも洞窟に用事がある時は最低限の武装はしていったものだ。

サイラスたちと一緒に旅をするようになってからも、洞窟に足を踏み入れる機会はそれなりにあって、そしてそのいずれにも例外なく魔物は生息していた。もちろん、同じくらい需要の高い鉱石などがあって、トレサは抜け目なくそれを、リーフに変えてきたわけであるが。

こうも洞窟の中を歩き回って、魔物にまったく遭遇しないというのも珍しい。

しかしサイラスは、こともなげにこう言った。

「いないわけではないよ、トレサ君。魔物の通るような道を迂回《うかい》して進んでいるだけだ」

「え、えっ？」

トレサが驚いて振り返ると、サイラスはまた地面をじっと観察している。トレサの視線に気づいたのか、彼は顔をあげ、通路脇を視線で指し示した。

洞窟は前述の通り入り組んだ構造をしており、この通路は他の大きな通路の上を、橋のように横切る形で通っていた。欄干から川を覗き込むような形で、下の通路を見ることができる。

トレサはサイラスの指し示した下の通路を覗き込んでみた。

すると、

「…………っ⁉」

思わず息を飲むトレサ。

そこには、彼女が初めて見る大型の魔物が、のそのそと徘徊《はいかい》している様子が見て取れた。例えるなら手足の生えた陸生のクジラだ。洞窟の中を歩き始めてしばらく経過しているが、あんな怪物が生息しているだなんて、トレサはまったく気づいていなかった。

「え、さ、サイラス先生は最初から気づいてたの……⁉」

「さすがに最初からではないよ。ここまで危険だとわかっていれば、トレサ君を連れてきたりはしなかったからね」

そう言って、サイラスはトレサの隣に並んで、のそのそと歩く魔物を後ろから見送った。

さっきからしきりに地面や壁を調べていると思ったら、つまり魔物の通った痕跡を調べ

ていたということなのだろうか？　トレサがサイラスの横顔を見上げると、サイラスは彼女の疑問を察したように頷いた。

「もちろん、初めて見る魔物の生態が興味深かったというのはあるが……。こうした調査で危険な魔物との遭遇を避けるのは、学者にとって基本スキルのようなものだからね」

「い、命拾いした……。子供の頃のあたしが知らなくて良かったわ……」

「そうだね。幼少期のトレサ君が一人で来るには、危ない場所だっただろう」

サイラスは再び通路を歩き始め、今度はトレサがそれについていく形になる。

「そろそろ戻ろうか、トレサ君。あまり遅くなってもみんなに心配をかける」

「そ、そうね」

あの陸生クジラの巨体が、頭にこびりついて離れない。トレサの心臓は、いま早鐘を打っていた。先ほど拾ったばかりのガラス貝を、手のひらの中にぎゅっと握りしめる。

ひょっとして、自分があんなにはしゃいでいたから、こんな危険な洞窟の奥にまで来てしまったのだろうか？　サイラス一人なら、大型の魔物が一体いた時点で引き返すことができたのではないか？　トレサはそんなことを考えてしまう。

だが、サイラスはすぐにこう言った。

「この洞窟の危険性に気づいたのは、入ってからしばらく後だった。トレサ君が気にすることではないよ」

「そ、そうかな……」

「そうだとも」

平然とそのように語るサイラス。

この学者はいつも自然体だ。どのようなことがあっても、動揺したり、自分を見失ったりしない。彼の冷静さに、トレサたちはいつも助けられてきた。

しかしそんなサイラスだから、こういう時に何を考えているのかわからない、というのはある。少しだけ不安になるトレサだった。

「ふむ」

サイラスは振り向いて言った。

「あまりトレサ君が気に病んでしまうのも問題だな。これは少し不謹慎というか、無責任にも聞こえてしまうので言おうとは思わなかったのだがね」

「え？」

いったい急に何を言いだすのだろう。と、トレサは思う。サイラスは口元に柔らかな笑みを浮かべたまま、洞窟の壁に手を触れ、そして天井を仰ぎ見た。

「私はねトレサ君。この状況を、少しだけ楽しいと思っているよ」

「それは……この洞窟で新しい発見がたくさんあるから？」

「そうだね」

トレサの言葉に、サイラスは頷く。

「未知の空間。知らなかったもの。そういった場所に踏み込み、触れる。素晴らしい体験だ。しかしそれだけではない」

彼の言葉は、トレサには少し意外だった。

「私の前を歩くトレサ君が、私と同じように、未知の空間に触れ、新しいものを知り、そしてそれを楽しそうに眺めているのを見るのが、私は嬉しくてね。これは私一人では決して得られない経験だっただろう」

そのとき、トレサは、洞窟に入る前にサイラスが言っていた『嬉しかった』という言葉を思い出していた。トレサがついてくることに反対しなかった理由は『嬉しかった』からだと。

その後洞窟に到着して、ついつい聞きそびれてしまったが、確かに気にはなっていた。

「君のような若い感性が、そうした新しいものを知る喜びに目覚めてくれることが、本当に嬉しいんだ。だからあまり気に病まないでほしい、今までと同じように振る舞ってくれた方が、私にはありがたいんだよ」

なるほど。

その言葉は、トレサの胸にストンと落ちた。

サイラスの言い回しは、いつものようにほんの少し迂遠ではあったが、彼の本音である。この学者が何を考えてトレサと共にこの洞窟へ入り、一緒に歩きまわってくれたのか、その理由が、驚くほどすんなり、納得できたのだ。

「サイラス先生って、本当に『先生』って感じなのね！」

「意図までは把握しかねるが、褒め言葉として受け取って良いのだろうね。ありがとう、トレサ君」

サイラスは柔らかい笑みを浮かべたままそう言って、前の方を向いた。

「もちろん、私が嬉しいということと、この洞窟が危険だということはまた別の話でもある。私は君をここまで連れてきた大人として、安全にキャンプまで連れて帰ろう」

「はーい、お願いします。サイラス先生！」

再び歩き始めるサイラスの後ろを、トレサはついていく。

「ねぇ先生、さっきのあの魔物はなんだったのかしら」

「ふむ。いい質問だねトレサ君」

道中、先ほど遭遇した巨大なクジラのことを尋ねると、サイラスは少しだけ活き活きとした様子で返事をした。

「私も直接目にするのは初めてだが。文献では、あのような生物がコーストランド地方に生息しているという話は知っていた。とはいえ、リプルタイド付近で見かけるのは初めてだね。グランポートの西側の街道での目撃例はあるようだ」

「グランポートかぁ。いつか行く機会もあるのかしら……」

まだまだこの世界には行ったことのない場所や街が多すぎる。そのすべてを見ることは叶《かな》うのだろうか。トレサはまだ、そのグランポートという街がどんなところで、何があるのかだって知らないでいる。

しばらく歩いたところで、サイラスが足を止めた。彼は後ろを歩くトレサを片手で制し、そしてもう片方の手で人差し指を立て、自らの口元に当てている。

「………」

魔物がいるのだ。トレサは物音をたてないよう、慎重に歩き、そしてサイラスの肩越しに通路の先を覗き見た。

「サイラス先生……あれは……」

「あれも……この付近で目撃されるのは珍しい魔物だね」

二人の視線の先、進路上には、数体の巨大なカニが何体か固まっている。当然、先ほどのクジラに比べれば体軀《たいく》は小さいが、それでも人間ほどの大きさはあるだろう。黒く禍々《まがまが》しい体色と、大振りのハサミが嫌でも目を引く。

「文献ではやはりグランポート周辺で目撃されるはずの魔物だ。何故リプルタイド付近でも、この洞窟だけ生態系が異なるのか……。実に非自明だな。興味は尽きないが、今はそれどころではないね」

「うん。どうするの？　サイラス先生」

「ふむ……」

サイラスはじっと通路の先を睨みつけた。

決して狭い幅ではないが、十分な広さを持っているわけではない。途中、いくつか枝分かれしてはいるものの、この通路をまっすぐ行けばまた出入り口に繋がっているだろうということは、吹いてくる風からなんとなく推測ができる。

「魔物を脇の通路に誘導して一気に走り抜けるというのが妥当だと思うが……トレサ君、走れるかい？」

「もちろん！　足はもうすっかり元気よ」

昼間の疲れはすっかり取れてしまっている。アーフェンのくれた湿布のおかげかもしれない。

「私の合図で一気に走ろう。では……」

そう言って、サイラスは懐から小さな包みを取り出し、それを開いた。中には肉団子のようなものが包まれていて、それが外気に触れると同時に、黒いカニたちがカサカサと動きだすのがわかる。

「さ、サイラス先生、それ何……？」

「特定の魔物が好む撒《ま》き餌のようなものだよ。ハンイット君に教えてもらってね。シ・ワルキの狩人たちは、これを使い、魔物の隙を作るらしい」

「へぇー……」

感心しつつ、トレサは走る準備を整える。運んできたガラス貝は、持ってきた小さな鞄にすべてしまい込む。

こちらが風下なのが幸いしたのだろう。黒いカニたちは、撒き餌の匂いに気づいた様子はあるものの、こちらに気づく様子は見せない。

サイラスは、いくつか枝分かれした通路に向けて肉団子を放る。

すると、転がっていった通路に向けて、カニたちが一斉に移動を始めるのがわかった。サイラスがトレサに目配せをする。

「よしっ！」

トレサは小さく頷いて駆け出す。少し遅れて走り出したサイラスも、彼女とほぼ並走する形で通路を駆け抜けていく。途中、ちらりと通路脇を見ると、黒いカニたちが密集しているのが見えた。がちがちとハサミを打ち鳴らすカニの、意外なほどの巨体を目《ま》の当たりにして、トレサの肌がぞわっと粟《あわ》立った。

「うわっと……！」

不意に小石につまずき、バランスを崩すトレサ。鞄の中からガラス貝がざらっと音を立ててこぼれる。トレサ自身はなんとかその場に踏みとどまるものの、横道のカニたちは、いっせいにこちらに気づいた。

「トレサ君、怪我はないかい」

「だ、大丈夫！」

後ろからサイラスが声をかけてくる。

「よし、良い子だ。急ごう」

「うん！」

背後から、黒いハサミを持つ魔物たちが追いかけてくる。彼らの移動速度は、全速力で走るトレサとサイラスよりもなお速く、ハサミを打ち鳴らす不吉な音は少しずつ近づいてくる。

「ひえっ！」

やがて、甲殻類のざらついた鋏脚《きょうきゃく》の、その先端部がトレサの細い肩に引っかかる。

「むっ……」

「ひゃあ⁉」

気づいたサイラスが、トレサの背中を少し前へと押し出した。黒いハサミはトレサの肩ではなく、そこにかけられた鞄の肩ひもを捕らえる。ぷつっ、と肩ひもが切断され、トレサの鞄が地面へと落ちた。

「あぁっ！　あたしの……！」

トレサが思わず手を伸ばしかけるが、しかしサイラスが逆の手を強く引く。

「トレサ君！」

「はっ……、あ、うんっ……！」

強く呼ぶ声に、トレサはすぐ我に返る。しかしそれでも、彼女はほんのわずかな間、逡巡を見せた。そんなトレサの様子を見てサイラスは何かを感じ取ったが、この場でのそれ以上の言及は避けた。トレサの鞄は地面に落ち、その上を魔物たちが通りすぎて行く。

サイラスはトレサの腕を引き、トレサはちらちらと後ろを振り返りながら、それでもこの狭い通路を一気に駆け抜けた。通路の先は道がより狭くなっており、人間が一人ようやく通れるくらいの隙間から、わずかに潮風が通り抜けてくる。

「トレサ君、先に！」

「うん！」

サイラスがトレサの背中を押し、トレサはその狭い隙間にするりと身を滑り込ませる。小柄な彼女はなんなく潜《くぐ》り抜け、続いて、サイラスもマントをひっかけないよう、器用に隙間を抜けた。

黒いカニたちは、この隙間を潜り抜けることはできず、しばらく鋏脚をがちがちと鳴らしたり、隙間の前をうろうろしていたりしたが、やがて諦めたかのように戻っていった。

「さて……」

サイラスは、周囲を見回す。

このあたりまで来れば、出入り口はもうすぐだ。少しばかり危ない目にもあったが、このまま外に出られれば今回の探索行も無事に終わりということになる。

しかしサイラスは、トレサが先ほどから落とした鞄のことをしきりに気にしていることには、既に感づいていた。

「トレサ君は、先ほど転んでいたが大丈夫だったかい？」

「あ、うん。平気よ。なんとか……」

トレサは何度も首を縦に振って頷いている。しかしサイラスは、小さくかぶりを振った。

「いや、君の〝商品〟のことだ」

「う……」

気まずそうに目を伏せるトレサ。

トレサは、地面にガラス貝がこぼれて散らばった時は、拾わずすぐに走りだそうとしていた。咄嗟《とっさ》の判断としては立派なものだと、サイラスも思う。トレサは商人として商品のことは大事にするが、あの場での迂闊《うかつ》な行動は死にも直結するからだ。

しかし、鞄が落ちた時には明確に動揺を見せていたし、躊躇《ちゅうちょ》もあった。

「（そして、それはおそらく……）」

鞄の中に、彼女が大切にしているものがあったからだ。

時計の秒針が音を刻むような静謐《せいひつ》さが続く中、サイラスはすぐに答えにたどり着いた。

「トレサ君。あの鞄は……」

「うん……」

トレサは、ちらりと隙間から通路を振り返り、頷いた。

「あの鞄、中に〝手記〟が入ってるの」

やはりか。サイラスは納得する。

強力な魔物を前にしてなお、トレサが立ち止まってしまうほど大事なもの。現時点では、サイラスにもその答えしか思い当たらなかった。

そしてそんな大事なものをこの場に持ちこんでいることも、トレサの立場になって考えれば当たり前のことであったかもしれない。

あの手記はトレサにとって、未知との出会いそのものなのだ。彼女の何かを知りたいと思う気持ちの、最後の一押しをしたものであり、かつて誰かが通った旅の道程を追うものであり、そして今、彼女が得た経験や知識を記していくものでもある。

「……仕方がない」

サイラスは目を瞑って、小さく呟いた。その言葉を聞いて、肩を落とすトレサ。

「そ、そうね。仕方ないわね。さすがに……」

「私が行ってこよう」

「えっ……⁉」

そんな言葉が返ってくるとは思っておらず、トレサはびっくりして顔をあげる。

「で、でもちょっと、危ないわよサイラス先生……！」

「危険ではあるだろうね。そこは否定しない」

サイラスはごつごつとした岩壁に手をあて、トレサの言葉に頷く。

「しかし私には、君をここまで引率してきた責任がある。それにねトレサ君。先ほどは危険だからと君の手を強引に引っ張りはしたが……やはり私は君に、あの手記のことを諦めては欲しくないからね」

「べ、別に諦めてるわけじゃないけど……」

「よし、良い子だ」

そう言うと、サイラスは洞窟の隙間にするっと身を滑り込ませ、先ほど来た道を静かに戻り始めた。

「さ、サイラス先生……」

ぽつりと呟くトレサ。

あのサイラスである。何も無策で挑んでいるわけではないだろう。

あの場ですぐに、自分が取り戻そうと言ってくれたのも、正直に言えば嬉しかった。あの手記は、この八人の旅においてはなんの役にも立たないものだ。命を懸けるほどのものではないと言えば、そうなのだろうとも思う。

それでもサイラスは、すぐに取りに戻ると言ってくれた。

自分には、引率してきた責任があると。

トレサは、服の裾をぎゅっと摑《つか》む。確かにそうだけど。でもきっと、それだけではない。

それはそのまま、手記に書くことがわからず頭を悩ませていたトレサに、サイラスがかけてくれた言葉が真実であったことへの証明でもある。彼は、トレサの旅に出た理由を笑わず、立派なものだと太鼓判を押してくれた。

「だったら、やっぱりここで待ってるなんて……」

ぽつりとそう呟いたとき、ちょうど視線の奥、洞窟の奥にまばゆい発光を確認して、トレサははっとする。

発光は二度、断続的に洞窟の岩壁を照らした。ごおっ、という音が、反響してここまで届く。トレサはすぐに理解した。あの断続的な光はサイラスの放つ魔法によるもの。すなわちそれは、彼が臨戦態勢に入ったことを意味している。

「もうっ！」

トレサは意を決して、隙間からするりと洞窟の中に滑り込んだ。


トレサの予想通り、サイラスは洞窟の奥で戦闘に入っていた。

魔物たちの目を抜き、トレサの鞄を回収するところまではできたものの、トレサのもとに戻ろうかというところで、運悪くカニのうちの一体に遭遇したのである。鋏脚をがちがちと打ち鳴らして威嚇《いかく》してくる相手と、サイラスは慎重に距離を取っていた。

「しかし、さて、ここで帰れなければ意味がないからね」

静かにそう口にして、彼は内なる決意を燃やす。

サイラスの得意とする戦いは魔法を用いた中距離から遠距離にかけての戦闘であり、あの凶悪なハサミに振り回されずに済むのはまだ救いであった。

緊張の糸が切れるその瞬間に備え、魔力を紡《つむ》ぎ、詠唱を開始する。

現在、この世界には魔法を専門に扱う人種、すなわち魔術師と呼ばれる者は残っていない。古代の魔術師が使用していたとされる魔法の多くは、世界各地においてまじないとして伝わっているものだ。アトラスダムの王立学院では、古代の文献を紐解《ひもと》き、改めて古代に存在した神秘の体系を再定義するという研究が行われていた。

サイラスが駆使する魔法とは、すなわちそういった研究の産物。

彼や、彼の先駆者が積み重ねてきた、アトラスダムの『叡智《えいち》』そのものだ。

智慧《ちえ》こそをその武器とする学者が、攻撃手段として魔法を好んで用いるのには、そうした背景が存在する。

「《雷鳴よ、轟《とどろ》き響け》!」

サイラスの放った言葉はそのまま力を持ち、空間には雷電が迸《ほとばし》る。乾いた破裂音と共に、薄暗い洞窟の壁が照らし出され、電光はくねくねと蛇行を描きながら、ざらついた甲殻の表面に、強く叩《たた》きつけられた。

「……！」

一瞬だけ動きを止めるが、しかしカニはすぐに動きだして、じりじりと距離を詰めてくる。この魔法が有効打になっている様子はない。

「く……」

サイラスは小さな声で、珍しく焦りをにじませる。

本来グランポート周辺に生息するこの魔物は、リプルタイド周辺に生息する多くの種に比べて屈強な肉体を持つ。コーストランドに限らず、中央の海から外に向け、放射状にそうした生息域の違いが見られるが、この魔物もその例に漏れないということだ。

甲殻は分厚く、現状、サイラスの力では有効打を与えることが難しい。

やがて彼は、岩壁に追い詰められる形となった。

「さて……」

しかしこういう状況であるからこそ、冷静に考えることが肝要だ。

自分が窮地に陥っていることは間違いないが、それを脱する方法も必ずある。サイラスは魔物の動きを注意深く観察した。種全体としても、その大きく重そうな鋏脚が特徴ではあるが、この固体は特に片方の爪が大きく、重そうだ。そこを突いて隙をうまく作れれば良いが、さて……。

考えている間にも、カニの爪がゆっくりとサイラスへと迫ってくる。しかしそこで、洞窟内いっぱいに響く大きな声が、サイラスの思考を中断させた。

「《幸運の風よ、吹き荒れよ》！」

少女の声には当然聞き覚えがあった。狭い洞窟の通路内を、その詠唱の言葉通りに風が吹き荒れる。押し出された空気の圧は、サイラスの服の端をばたばたと巻き上げ、さらには呼吸すら妨げるほどだった。

「っ……トレサ君か！」

「サイラス先生っ！」

間違いない。トレサが唱えたのは、かつて存在した風属性の魔法が、コーストランド地方にまじないとして伝わっていった民間魔法のひとつだ。

「先生、大丈夫……ひゃあっ⁉」

こちらに駆けよって来ようとしたトレサが、サイラスの目の前にいる魔物を見て悲鳴をあげた。しかし魔物はその大きなハサミを地面に降ろしてぐったりしている。動きが明らかに鈍っていた。

サイラスは魔物の真横をするりと抜けながら、トレサに尋ねる。

「トレサ君、どうして私を追ってきたんだい？　もちろん、君が来てくれたおかげで助かったわけだが……」

「えっ、それはその……。うまく言えないけど」

彼の言葉が予期できなかったわけでもないだろうに、トレサは一瞬口ごもる。しかしすぐに彼女はサイラスの方を見て、はっきりとこう言った。

「サイラス先生だけ危ない目にあわせるの、嫌だったんだもん」

「しかし、それに関しては先ほど言ったように……」

「そうだけど！」

言葉を途中で遮り、トレサは言う。ぐったりした魔物の脚を大きくまたごうとするサイラスの手を、彼女は摑んで強く引っ張った。

「そうだけど、サイラス先生。これはあたしの旅なの」

「む……」

彼女の言葉には、有無を言わせない力強さがある。

「あたしの意思で旅に出て、あたしの意思でサイラス先生についてきたんだから、その責任を、大人ってだけで他の人に負わせたくないの」

サイラスは瞠目《どうもく》していた。

もちろん、トレサの発した言葉に対してだ。その瞳には確固たる信念が宿っているように見えて、サイラスはこの時初めて、目の前の少女に対する侮りを自覚した。

「君の言う通りだ。すまなかったね、トレサ君」

ついつい彼女の若さや、未知に対する旺盛な好奇心や、それから将来性などというものを気にかけて、サイラスは過保護気味になっていた。もちろん、仲間としての彼女を気遣うことは大事だが、少なくともトレサには、自分の責任を他人に任せたくはないという覚悟がある。

「どうやら商人としての君を、知らずと侮辱してしまっていたかもしれないな」

「えっ⁉　別にそんなことまでは思ってないけど……」

「ひとまず、君の大切なものは取り返すことができたよ」

サイラスの掲げた鞄を、トレサは確認する。紐は切れてしまっていて肩にかけることはできなくなっていたが、中身は問題ないようだ。彼女の大切な手記も、一番奥にしっかりと入っている。

「じゃあサイラス先生、今度こそ長居は無用ね！」

「そうだね。急ごう」

倒れた魔物がいつまた息を吹き返すかわからない。鞄を抱えて走り出すトレサの背中を守るようにしながら、サイラスも通路を走りだした。

いやしかし、やはり人生とは勉強だなと、サイラスは思う。旅を通じて仲間たちから学ぶことは多い。今回もトレサと共に洞窟を歩いたからこそ得られた気づきはたくさんあった。

彼女は本当に、良い学者になれる素養があるだろう。少しだけもったいないなとは思う。

「ふふ……」

「あれ、サイラス先生、笑ってるの？」

「いや、君は良い仲間だと思ってね」

「えぇー。こんなところで急に褒めたって何もまけないわよ？」


通路を抜け、洞窟を出ると、外は相変わらず真っ暗だった。二人は砂浜を踏みしめ、吸い込まれるような黒い海を背にして、キャンプへと戻る。

するとそこには、腕を組んだハンイットが険しい形相で待っていた。

「まったく、サイラス！　あなたがついていながら！」

他の仲間たちも起きていて、それぞれ思い思いの表情でサイラスたちを出迎えている。

どうやら話を聞くと、夜中に目を覚ましたハンイットはトレサが戻っていないことに気づいたらしい。木の上にいたリンデを起こして何か見ていないか尋ねたところ、トレサとサイラスが話をしているところまでは起きていたという。

ならばサイラスが何かを知っているのでは、と男性組のテントに向かったところで、ようやく二人ともいない、ということに気づいたらしい。

トレサとサイラスがぬけぬけと帰ってきたのは、いよいよ心配になったので探しに行こうという意見と、どうせしばらくすれば戻ってくるからあわてることもないという意見がぶつかっている真っ最中であった。

少し離れた場所に立っていたテリオンが、『それ見たことか』と言わんばかりの顔を……することはなかったが。

ともあれそうした経緯もあって、まず真っ先に、サイラスがハンイットに叱《しか》られているというわけである。

「申し訳ない。確かに、トレサ君を危険に晒《さら》してしまったのは私だ」

「トレサは昼間の疲れも抜けていないんだぞ。それを……」

「待って待ってハンイットさん！」

完全にお説教モードに入っているハンイットに、あわてて取りなしにかかるトレサ。

「というか、ハンイットさんお説教が堂に入りすぎ……」

「む、そ、そうか……。どうも、こう……。いやすまない。それよりどうしたトレサ」

「まず叱るならあたしを叱ってよ。アーフェンに湿布まで用意してもらったのに。サイラス先生に付いていくって言ったのあたしなんだし」

トレサの言い分としては、まず真っ先にサイラスが怒られているのは納得がいかない。自分が犯したミスのペナルティは自分に負わせろということである。

ハンイットとしても、まずはサイラスを庇《かば》うものと思っていたのだろうか。少しだけ驚いた様子を見せてから、腕を組んでため息をついた。

「そうだな。トレサ、まず身体を休めなければならなかった。夜更かしをして手記をつけることは、あなたにとって大事なことだろうから、そこについては何も言わないが。それが終わったら寝るべきだったし、サイラスが一人で無茶をしようというのなら、わたしたちを起こすなりするべきだった」

「はい、心配をかけてごめんなさい」

ぺこりと頭を下げるトレサ。

「うん、よろしい」

それからハンイットは、改めてサイラスの方へと向き直り、説教を始める。

なんとなく、ハンイットが叱り慣れているように見えるのは、彼女が探しているお師匠さんとの関係がそういうものだったんだろうな、ということが、トレサの目からもはっきりわかるような堂に入りっぷりだった。

サイラスが自身の軽率さを詫《わ》びている間、トレサは少し離れた場所でこの様子を見守っている、オルベリクの方へと歩いて行った。

「オルベリクさん」

「どうした、トレサ」

「まずは迷惑かけてごめんなさい。あのね、ちょっと相談があるんだけど……」

そう言って、紐の切れた鞄を開くトレサ。彼女が自分の考えを説明すると、オルベリクは『ふむ』と呟いた。

「確かに、今後の旅を考えるとあっても良いものだ。俺もいつかはと思っていたが」

「うん、リプルタイドに寄れば伝手《つて》もあるし調達できると思うの」

「わかった。では任せる」

「やった！」

小さく飛び跳ねてガッツポーズをするトレサ。その後、心配してくれたオフィーリアやアーフェンに謝りに行ったりしていると、ようやく、ハンイットからサイラスが解放されていた。

「やあ、トレサ君」

「お疲れさま、先生」

言葉を交わすと、どちらからともなく笑みがこぼれてしまうサイラスとトレサ。

「まずは、互いに無事で何よりだ。それに、君と一緒にあの洞窟に行けて良かったよ」

「うん、あたしも。大変な目にあったけど、得るものもあったわね」

「先ほどオルベリクと話していたことかな」

見えていたのか、と思いつつ、トレサもさほど驚いたりはしない。小さく「それもあるわね」と頷いた。

「そっちはあれよ。次のリプルタイドで馬を借りたらどうかってオルベリクさんに提案したの」

「荷馬か。なるほどね」

「うん。今回の夜更かしで明日以降の旅程に影響が出ると申し訳ないし……。少し旅を楽にするためには、あった方が良いでしょ？」

「しかし、そのための資金はどうするんだい？」

わかっているだろうに、サイラスはそんなことを言う。トレサはニッと笑うと、サイラスが取り返してくれた鞄の口をぱっと開いて、その中身を彼に見せた。その中には、蛍のように淡い色を放つ、大小さまざまなガラス貝がぎっしりと詰まっている。

この量は予想していなかったようで、サイラスも少しだけ驚いたような顔をした。

「よくこんなに集めたね」

「実はサイラス先生を助けに行く途中で、ささっと。コーストランド地方の商人のことわざよ。『嵐で船が泊まっても、港に出て品を探せ』ってね」

「なるほど」

サイラスは、彼女の言葉に心底納得したように頷いている。

「どうやら君は、根っからの商人のようだ」

「もちろん！　あったりまえでしょ！」

先生が根っからの学者みたいにね、とトレサは続けた。

サイラスが空を見上げ、トレサもそれにつられて首を傾ける。星をちりばめていた黒い夜空は、いつの間にか群青色へと変わっていた。東の水平線から、眩《まばゆ》い光が昇り始めている。寄せては返す波音だけは、変わらず静かに響いていた。

サイラスは、洞窟探索の前にここで話したことを思い出したかのように言った。

「いつかそんな君の目に適《かな》うような、素敵な宝物が見つかることを、私も祈っているよ」

それが、サイラス・オルブライト先生の最初の課外授業でした。

あたしはその夜、この世界にはまだ見たことのないもの、知らなかったものがたくさんあること、そしてそれを見つけることや知ることで、どんなに自分が素敵な気持ちになれるのかということを、再確認できました。

サイラス先生は感情的になることはあんまりない先生だけど、決して冷たい人というわけではなく、普段から落ち着いている分とても頼りになる大人の人です。

ただ、ちょっとだけ不思議なところもあって、たまに、すごく子供っぽく笑うこともあります。知らないものや、新しいものに出会うとき、嬉しそうな態度を見せるサイラス先生を見ると、あたしも負けてられないな！　って思います。

いつか、サイラス先生の言うように、あたしにとっての素敵な宝物が見つかると信じて。

今日は、筆をおきます。

リプルタイド街道にて
トレサ・コルツォーネ記す

信じること　裏切られること

「いやぁ～、あの時はほんと大変だったんだって！」

アーフェンは身体全体を使って大げさに表現しながら、ノーブルコートでの出来事を説明する。暖かな日差しが降りそそぐ中、テーブルを挟んだ彼の前には、金髪を短く切りそろえた美しい少女が座っていて、多少脚色されたアーフェンの話を、くすくすと笑いながらおかしそうに聞いていた。

レイヴァース家の庭園で開かれたお茶会。アーフェンがそこに参加することになったのは、ほんのなりゆきだった。

アーフェンはいま七人の仲間とともに旅を続けている。出身地も職業も旅の目的すらバラバラな仲間たちだが、なにかとウマが合い、互いの目的に対して協力しあう関係になっていた。その中の一人、盗賊のテリオンが旅に出る原因になったのが、このレイヴァース家だ。

旅を続ける途中、ボルダーフォールに立ち寄ることになり、挨拶《あいさつ》がてらレイヴァース家に顔を出したところ、お茶会に誘われた。経緯としてはそんなところだ。

そして、アーフェンの話をおかしそうに聞いているのが、レイヴァース家の現当主コーデリア・レイヴァースというわけである。

アーフェンは自分の話がウケたことに気を良くして、今までの旅の出来事を次々とコーデリアに話していた。

「それで、川の上流まで歩いて行ったら、魚を密漁してる男がいたんだよ。こっちが言っても聞かないからさ。そこでオルベリクの旦那とハンイットが……」

「まあ。それで最後はどうなったんですか？」

「うん。川には魚が戻ってきてハッピーエンド、かな？　トレサの奴は最後まで憤慨してたけどな。食べきれないほどの魚を獲ってしかも独占するなんてって」

先ほどからアーフェンばかりがしゃべっているが、もちろんここにアーフェンとコーデリアしかいないわけではない。コーデリアの後ろには執事のヒースコートが控えているし、当然、席にはテリオンも着いている。テリオンは先ほどからひとことも言葉を発さず、出されたお茶にも口をつけていなかった。

もともとレイヴァース家へ挨拶に顔を出す、ということ自体、テリオンは消極的だったから、当然といえば当然だ。半ば強引に、アーフェンが宿屋からテリオンを連れ出した形になる。そしてそこに『貴族相手に失礼が無いように』とついてきたのがプリムロゼで、お茶会には彼女も参加していた。

「お代わりはいかがですかな？」

「ええ、いただくわ」

ヒースコートの言葉に小さく微笑《ほほえ》むプリムロゼ。優雅かつ気品のある仕草も堂に入ったものだ。なんだかんだで育ちが違うよな、ということをアーフェンは思い知らされる。

「でも良かった。面白い旅の話が聞けて。テリオンさんは、何も話してくれませんから」

「だろうなー」

コーデリアの言葉を聞き、アーフェンは腕を組んで大仰《おおぎょう》に頷《うなず》く。

「当然だ」

そこでテリオンは、初めて口を開いた。

「話す必要もない。あんたが俺に依頼してきたのは、三つの竜石《りゅうせき》の奪還だけだ。そうだろう？」

「それはその、そうなんですが……」

責めるような口調のテリオンに、コーデリアは言葉を失って顔を伏せてしまう。

「おいおいテリオン、そこまでつっけんどんになることたないだろ」

「俺が間違ったことを言ってるか？　薬屋」

「間違ったことは言ってねーけどさ。なんていうか、言い方っていうか……」

「ふん、くだらん」

テリオンが旅に出た目的。奪われたレイヴァース家の秘宝である三つの竜石を取り返すことだ。もちろん、義理や親切心で動いているわけではない。そこには盗賊としての誇りや矜持《きょうじ》を天秤《てんびん》にかけた理由があるのだが、外野が軽々しく触れていい部分でもない。少なくともアーフェンは、テリオンに軽口を叩《たた》くときであっても、そこに言及したことは一度もなかった。

ともあれテリオンは、ある取引のために、レイヴァース家の家宝を取り戻す契約を、盗賊として交わしている。

アーフェンも一度、ノーブルコートの学者が持っているという赤竜石を奪還するために、テリオンの手伝いをした。文句のひとつでも言いたくなるような重労働がいくつかあったものだが、テリオンは実直に、そしてあざやかな手口で赤竜石を取り戻してみせた。

そのあとボルダーフォールに戻り、テリオンはコーデリアとヒースコートに直接赤竜石を返還している。アーフェンはその時彼について行ったわけではないが、テリオンがそこで自身の背負った苦労についてひけらかすように語ったとももちろん思えない。

「（まぁ、武勇伝を語りたがるようなタイプでもねぇしなぁ）」

アーフェンは、テリオンの態度を眺めて、そんなことを思った。

「ねぇアーフェン、せっかくだから次はあの話をしたらどうかしら」

空気が気まずくなってしまったところに、プリムロゼが割って入ってくる。

「あの話?」

「ボルダーフォールに着く少し前の話よ。魔物の群に襲われて大変だったじゃない?」

「あ、あー! あの話! その話な!」

アーフェンはまた大げさに手を叩いて頷いた。

つい昨日のことだ。クリフランド地方に入って数日、ボルダーフォールを目前にしてバーディアンの大群に襲われた。大変、といってもそれほど大したことではない。たまたま休憩中、離れて祈りを捧《ささ》げていたオフィーリアが襲撃を受けたが、すぐさまほかの仲間たちが駆けつけてバーディアンを撃退した。

が、ここはその話を大げさに盛り上げて、場の空気を変えろというプリムロゼのありがたい提案だ。流石《さすが》に彼女はこうした時の自然なフォローがうまい。

「……俺は先に抜けさせてもらう」

テリオンはぼそりとそう言って、席から立ち上がった。

「えっ、あ、テリオンさん⁉ あの、お見送りします……!」

「結構だ。薬屋が挨拶しろと言うから来た。挨拶は済ませた。もうここにいる理由もない。違うか?」

「それは……」

「あんたが俺のご機嫌を伺う必要はない。そんなことしなくても、俺は残るふたつの竜石をちゃんと取り返してくるさ」

相変わらずの突き放した物言い。それでもコーデリアはテリオンを追いかけようとして、しかしヒースコートによって制止された。この矍鑠《かくしゃく》とした老紳士は、コーデリアと視線を合わせてから、静かに首を横に振る。コーデリアは手を握って、ぐっと顔を伏せた。

「テリオンさんはあんなことを言っていますけど……。でもそれは、彼が腕輪を……」

「そうね。罪人の腕輪を外す交換条件として、テリオンはあなたの家の家宝を取り返す。そういう契約だったかしら」

プリムロゼはコーデリアの言葉に頷き、ティーカップを置く。

「だから複雑な気持ちになることもあるかもしれない。気を悪くしないでちょうだいね」

「そんな、気を悪くなんてしてません……」

「それに、今彼が席を立ったのは、単にこれからアーフェンのする話が恥ずかしかったからだけかもしれないわよ?」

「え……?」

不意を打たれたようなコーデリアの顔を見て、プリムロゼはくすりと笑う。

「だって、あのとき魔物に襲われていたオフィーリアを助けるために、真っ先に動いたのはテリオンだったもの。ねぇ、アーフェン？」

「あ、あー。そう言えばそうだったな」

あの時ちょうど、テリオンは、オフィーリアの一番近くにいた。プリムロゼの物言いだと、まるでテリオンが真っ先に駆け付けたナイト様のように聞こえてしまうが、一番近くにいたから、一番早く動いた、という話にすぎない。

もっとも、その時のオフィーリアは聖火への祈りを捧げていて完全に無防備だった。彼女が無事だったのは、テリオンが素早く動いて彼女を庇《かば》ったからである。

アーフェンは、そうした事の顚末《てんまつ》を、なるべくテリオンを持ちあげながらコーデリアに語った。コーデリアがこの話をどれほど信じるかはわからないが、聞いて楽しんでくれたのは事実のようだし、アーフェンはひとまずそれで良しとする。

その話が終わる頃には、日も傾き始めていた。

切り立った崖の多いクリフランド地方は、日光の照射時間が短くなりがちで、ボルダーフォールは立地の関係上特に夜が早い。アーフェンとプリムロゼは話を切り上げ、コーデリアたちに礼を言って、レイヴァース邸を後にすることにした。

「でも、良かったです」

帰り際、見送ってくれたコーデリアがそう言った。

「良かったって、何がだい？」

「テリオンさんと一緒に旅をしている人が、こんなに優しそうな方々で。どうかテリオンさんのこと、よろしくお願いしますね」

深々と頭を下げるコーデリアを前に、アーフェンとプリムロゼは目を見合わせる。

テリオンのことをよろしくと来たもんだ。

もちろん、アーフェンからすれば、テリオンは旅の仲間なのだが、彼は言葉数が少ないし、いつも不愛想だし、時に無遠慮だし、何を考えているのかわからないこともある。実際、『絡みづれぇ……』と思ったことも、一度や二度ではない。

それでもノーブルコートで一杯おごると言ったときは、一杯だけ酒に付き合ってもくれた。悪い奴じゃないだろうとアーフェンは思うし、彼のことを気にかけるのは当然だと思っている。

「ああ、任せ……」

「ええ、任せてちょうだい。テリオンは私たちの大切な旅の仲間だもの」

「……………」

言おうとしたことをそっくりそのままプリムロゼに持っていかれ、アーフェンは口をぱくぱくさせた。

それから、レイヴァース邸を後にしたアーフェンたちは、宿屋に向かう道すがら言葉を交わす。必然、話の内容はコーデリアやテリオンのことだった。

「コーデリアさん、良い人だな。あんなにテリオンのこと心配してくれるなんてよ」

「そうね。良い人なのもあるでしょうし、それに強い人だと思うわ」

「強い？」

可憐《かれん》なコーデリアとは無縁なように思える言葉だ。

アーフェンが尋ねると、プリムロゼは小さく頷いた。

「彼女、きっとこれまで色んな苦労をしてきたんじゃないかしら」

「色んなって、どんなだよ」

「さぁ」

プリムロゼはそう言って、レイヴァース邸の方を振り返る。

「そこは私たちみたいな他人が推しはかれる部分じゃないわね」

「じゃあ、なんでそんなことわかるんだ？」

「女のカンかしら」

「そ、そうか……」

なんだか適当にはぐらかされたような気がするが、プリムロゼの言う『女のカン』はなんだか当たりそうだ。アーフェンはそれ以上突っつくことはやめておいた。

アーフェンが黙っていると、珍しくプリムロゼの方から続けて話題を振ってくる。

「ねぇ、アーフェン。気づいてた？　テリオンの腕輪」

「ああ、〝罪人の腕輪〟な。盗賊にとっちゃ屈辱的なもんだって聞くぜ。テリオンの奴が必死になるのもわかる」

テリオンは袖の長い服を着て、なるべく腕輪が見えないように振る舞っている。それくらいのことはアーフェンにもわかった。だから彼は、テリオンが隠している腕輪のことは触れずにおいている。

珍しく難しい顔をしているアーフェンに、プリムロゼはくすりと笑った。

「違うわよアーフェン。あのね……」

宿屋の前まで来たところで、プリムロゼはそっとアーフェンに耳打ちをする。

聞いたアーフェンは、目を丸くした。

「はあっ⁉　マジかよ！　でもだってテリオンの奴……」

「本当よ。私ちゃんと見たもの」

「じゃ、じゃあなんでテリオンは……」

慌てふためくアーフェンを見て、プリムロゼはまたくすりと笑った。

「さあ？　でもつまり、テリオンは自分の利益だけで動くようなタイプの盗賊とは違うということでしょ？　私はほっとしたわ。一緒に旅をする仲間だもの」

そう言って、プリムロゼは先に宿屋の扉を開き、中に入る。

「じゃあねアーフェン。おやすみなさい」

「お、おう……」

アーフェンはプリムロゼを見送った後、腕を組んで彼女の言葉を反芻《はんすう》していた。

「しっかしそうか、テリオンの奴がなぁ……」

悪い奴じゃないとは思っていたが。プリムロゼからもたらされた情報は、まだちょっと、信じられない。

「あいつどこいるんだろうな。まだ宿屋にも戻ってなさそうだし……」

ちょっと探してぶらついてみるか。アーフェンはそんなようなことを思った。

少しあと、用事から帰ってきたオルベリクたちと、アーフェンはばったり鉢合わせする。レイヴァース家に挨拶に行ったことを話すと、オルベリクに同行していたトレサは商人としての重大な機会を逸したことをたいそう悔しがっていたのだが。

ひとまずこの話は長くなるので、さておく。

ボルダーフォールの街は上層、中層、下層に分かれており、下層部は治安の悪い貧民街となっている。街全体を見渡しても、酒場というのはそんなに多くなく、大半はこの下層部に集中していた。

テリオンがいるならそのあたりだろう。と、アーフェンは見当をつけて、貧民街をぶらついている。

クリフランドは、アーフェンの育ったリバーランドと地理的には近いものの、その様相がまったく異なる。このボルダーフォールの街並みもまた、クリアブルックの牧歌的な風景とはだいぶ違っていた。

あてずっぽうで探してみても、テリオンの姿は見つけられない。

しばらく貧民街を歩き回ったところで、アーフェンは休憩しようと、石段のところに腰を下ろした。

「おっと悪ぃな、お嬢ちゃん」

同じように、石段に座り込んでいた小さな少女へ、いつもの調子で気さくに挨拶する。

いきなり声をかけられると思っていなかったのか、少女はびっくりしたように顔をあげた。その頬と膝には、まだ真新しい擦り傷がある。この階段のところで転んだりしたのだろうか。

「怪我《けが》してんな。ちょっと診《み》せてみろ」

「え、でも……」

「心配すんな。兄ちゃんはこう見えても薬師なんだぜ」

アーフェンは鞄《かばん》から手持ちの軟膏《なんこう》を取り出して、少女に塗ってやろうとする。すると彼女は、小さな声を絞り出して言った。

「あ、あの、わたし、おかねない……」

「いいっていいって。金なんかいらねぇよ。怪我は、我慢するもんじゃねぇぜ」

その言葉に、少女は小さく頷いた。ひと通り、擦り傷の処置をした後、優しく声をかけるアーフェン。

「あたりも暗いから、気を付けて帰んな」

「う、うん……」

少女はぺこりと頭を下げ、また人混みの中に消えていく。アーフェンはその背中を見送り、腰に手をあてて満足げに頷いた。

「何をやっている、薬屋」

「のわぁ！」

背後から声をかけられ、アーフェンはびっくりして飛び跳ねた。振り返ると、自分よりも幾らか背の低い、目つきの悪い男が、訝《いぶか》し気にこちらを睨《にら》んでいた。

「て、テリオンじゃねぇか……。探す手間が省けたけどよ。急に脅かすなよ……」

「探す？　出発はまだ少し先だろう。俺を繋《つな》ぎ留めたいなら、首に縄でもつけておくんだな」

「いや、馬じゃねぇんだからよ……」

相変わらずつっけんどんな態度のテリオンに、アーフェンは苦笑いを浮かべてしまう。

アーフェンは人混みを避けるよう、道の端の方へ寄り、テリオンもそれにならって彼の横へと並んだ。彼はアーフェンの薬用鞄をちらりと見て、溜息《ためいき》をつく。

「見てたぞ。ここで変な優しさを見せると足を掬《すく》われる。おたくのような人間がぶらつくには向かないところだ」

「変な優しさってなんだよ。俺はただ、あの子の手当てをしてやりたくて……」

「そういうところがだ薬屋。さっきの子供が、例えばスリの仲間だったらどうする。おたくが薬を出している間に、金目のものが抜き取られていたかもしれんぞ」

「えっ⁉」

アーフェンは慌てて鞄の中を確認する。が、幸いにして、鞄の中のリーフには一切手をつけられてはいなかった。念のため他の持ち物も確認するが、問題はない。

「大丈夫だ。盗られてねぇ！」

「例えばの話だ。それに、その甘さにつけこんで薬をねだってくる奴だっている」

「それくらいなら、まあ……」

アーフェンが頭を掻《か》くと、テリオンは舌打ちをした。

「付き合ってられんな」

「ま、まぁそんな怒んなって。な？」

アーフェンは、つかつかと歩きだすテリオンの後ろをついていく。テリオンの足は速かったが、彼はついてくるなともどこかに行けとも言わず、機嫌悪そうに、貧民街にある酒場のひとつに足を踏み入れる。

アーフェンはテリオンと同じテーブルにつく。

テリオンは、小さく溜息をついた。

「なんでついてきた」

「だから探してたって言っただろ。おまえとちょっと酒飲みたい気分だったんだよ」

「すでに一杯付き合った」

「いつの話だよ！　あの時はあの時、今は今だろ」

アーフェンがテリオンを探していたのは、彼と話をしたかったからだ。きっかけはプリムロゼの言葉だ。アーフェンはテリオンの方にちらりと視線をやり、彼女から言われた言葉を確認しようとする。が、テリオンは自然な仕草で、自分の手首を隠した。アーフェンの視線にも気づいているのかもしれない。

「なんだ」

「い、いや、別にぃ？」

注文していた安物のエールが届く。アーフェンは乾杯しようとジョッキを掲げ、しかしテリオンはそれに取り合わずさっさと口に運んでいた。

くそ、やっぱこいつ絡みづれぇ……。

アーフェンはそう思い、咄嗟《とっさ》に思考を巡らせた。何か適当な話題を、と思い、口をついて出てきたのは、自分の過去についてだった。

「そ、そういや話したっけ？　俺さ。故郷にも同じ薬師やってるダチがいてさ」

「……」

ジョッキを傾けながら、白髪の下から鋭い瞳が覗《のぞ》く。刺すような視線にアーフェンは少し冷や汗を流しながら、それでも話を続けた。

「ゼフって言うんだ。今度クリアブルックに寄るだろ。そのとき紹介するよ。良い奴でさ。子供の頃からずっと付き合いがあるから、俺にとっちゃ、なんていうか兄弟みたいな関係なんだよな」

「兄弟、か」

テリオンがぽつりと呟くのを聞く。

ぶっきらぼうなテリオンから反応があったことに、アーフェンは嬉《うれ》しくなる。

「そう、兄弟！　そういえば今までそんな風に思ったことあまりなかったけど、でも本当、そんな感じなんだよな。俺が旅に出たいってこと、ゼフはずっとわかっててくれたし、背中を押してくれたのもゼフなんだ。あいつがいなけりゃ、俺はお前たちと一緒に旅なんかしてなかったと思うな」

勢いに任せて喋《しゃべ》ってから、本当にそうだよな、とアーフェンは思う。

アーフェンが旅に出たのは、世界中の人を薬で救いたいと思ったから。自分の命を救ってくれた恩人のように、自分もなりたいと思ったからだ。しかし、あそこでゼフが背中を押してくれたおかげで、アーフェンはその夢を叶《かな》えるだけでなく、テリオンたちとも出会うことができた。それは大切な財産だと思っている。

「なるほどな。そのゼフという男は、確かにおたくの親友のようだ」

空になったジョッキを置き、テリオンは頷いた。

「だろ？　テリオンもそう思うか？　やっぱり……」

「だが、親友とは言ってもしょせんは他人だ」

言いかけたアーフェンの口を遮り、テリオンは冷たく言い放つ。虚をつかれたアーフェンが言葉を失い、さらにテリオンは言葉の追撃を仕掛けた。

「兄弟なんて口ではいくらでも言えるさ。やはりおたくは甘いな、薬屋。自分は自分、他人は他人。そうじゃないのか？」

「そ、そうかよ……」

「そうだ。そして、俺とおたくだって他人同士だ」

腕を組んでそう語るテリオンの目には、強い拒絶の意思が感じられた。

俺たちは仲間ではない。真の意味で理解し合えることなど決してない。だからこれ以上踏み込んでくるな。テリオンは言外にそんな雰囲気を匂わせている。

そんな態度を表に出されれば、アーフェンだって食い下がることはできなかった。

「他人に優しさや甘さを見せ過ぎれば、陥《おとしい》れられるのは自分の方だ」

だから、そんな付け入るような隙を見せない。

自分は自分の利益のために生きていればそれでいい。

テリオンは、エール一杯分のリーフを机の上に置いて、立ち上がった。何も言えないアーフェンにそれ以上言葉をかけることもなく、テリオンは彼に背中を向け、酒場から出て行った。

「………」

アーフェンには、見送ることしかできなかった。いつも明るく前向きな彼も、この時ばかりはショックを隠しきれない。

「何があったんだよ、あいつ……」

本当に、心の底からそんなことを思っているのか？

自分は自分で、他人は他人だと。それ以上交わるべきではないなどと。そんな考え方をするような奴が、いるのか？

「だったらよ、テリオン、なんでおまえは……」

「よーう兄弟！　シケた面してんなぁ！」

呟《つぶや》いたアーフェンの言葉にかぶせるように、やたらと元気の良い声が降ってきた。驚いたアーフェンが顔をあげると、会ったこともない二人組の男が、アーフェンと同じテーブルについて、肩を叩いてくる。

いかにも荒くれと言った顔つきで、喉も酒にやけているような声だ。この貧民街ではよく見かけるタイプの人間。アーフェンは苦笑いを浮かべて取り繕った。

「いや、悪い悪い。酒が不味《まず》くなるような顔しちまってよ」

「なんか嫌なことでもあったのか？　ん？」

「相談にのるぜ。なぁ？」

テリオンのあんな態度を見せられたあとだ。見知らぬ男たちとはいえ、親身な言葉をかけられるのは、素直に嬉しかった。アーフェンの笑顔は、すぐに彼の持つ本来のものに戻り、飲みかけのエールをぐいっとあおってから、ジョッキを置く。

「良い飲みっぷりだな！」

「嫌なことは酒で忘れるに限るよな！」

二人組はすぐさま破顔して、アーフェンの肩をまた叩く。

アーフェンも笑顔で、二人組の肩をバンバンと叩いた。

「そうだな、おっちゃん！　まぁこれも何かの縁だ。一緒に呑《の》もうぜ！」

確かに自分は自分で、他人は他人かもしれないが、それがどうした。世の中、いろんな奴もいるだろうさ。アーフェンはそう思いなおして、エールをお代わりした。

——俺にとっちゃ、なんていうか兄弟みたいな関係なんだよな。

テリオンは夜風にあたりながら、アーフェンの言葉を思い返していた。

谷底から吹き上げるクリフランド地方特有の風は、テリオンの白髪をぐちゃぐちゃにかき混ぜていく。夜風の涼しさは、安酒の余韻を吹き飛ばすことなどなく、相変わらずテリオンの胸中には感情が渦を作って収まる気配もない。

兄弟という言葉は、テリオンにとって特別な意味を持つ。

それが血の繋がった関係ではなく、特別に親しい他人を称して呼ぶ言葉であれば、なおさらのことだ。

——テリオンか、いい名前だ。よろしく頼むぜ、兄弟！

——！　まったく、敵《かな》わないぜ、兄弟！

——なぜ？　ああ、理由は簡単だよ、兄弟。

——だからよぉ……。俺のために死んでくれよ、兄弟。

「……ダリウス」

かつて自分を『兄弟』と呼んだ男と、交わした言葉の数々を思い出す。

彼は、孤独な少年であったテリオンが生まれて初めて心の底から信じ、そして裏切られた相手だった。あの時も谷底からは風が吹いていて、そしてダリウスの攻撃を受けたテリオンは、崖の下へと真っ逆さまに落ちていった。

ダリウスは、テリオンのことを利用しているだけだった。

テリオンの盗みの才能を見出し、そして自分がのし上がるための踏み台に利用した。

アーフェンとゼフの関係が、自分とダリウスのそれと同じだとは思わない。

彼らはきっと打算抜きの信頼関係を築けているのだろう。アーフェンの甘さを見ればわかる。きっと、アーフェンがゼフのことを『兄弟』と称したように、ゼフもまたアーフェンのことを同じように思っているはずだ。

ならば、自分とアーフェンは？

アーフェンだけではない。一緒に旅をする他の七人と、自分の関係は、どっちだ？

テリオンが彼らと旅を続けている理由は、その方が便利だからという以上のものはない。荒事になれば剣士や狩人は役に立つ。情報を集めようと思えば学者先生の出番だ。自分では盗みにひと手間かかりそうな時でも、商人が商談を成立させて労せず手に入る場合だってある。

そう、テリオンは彼らのことを利用しているに過ぎない。

あの時、ダリウスが自分のことをそうしたように。

だが、だからこそあの連中に対して、弱みを見せることは避けたかった。

「………」

歩きながら、テリオンは、自らの平衡感覚がわずかに乱れていることを自覚する。強い寒気を伴う体調の異変。なんらかの病の兆《きざ》しだとは、わかっていた。

幸い、ボルダーフォールにはここで活動していた頃に拠点としていた空き家が何軒かある。そこで体調を万全に整えた後、ここを発《た》つ前に彼らと合流できれば良い。

そう考えて貧民街を進んでいくと、テリオンの耳に、無粋で不愉快な胴間声《どうまごえ》が響く。

「うまくいったな、兄弟！」

「ああ、まったくちょろいもんだぜ」

振り向けば、ボルダーフォールで悪さを働いている盗賊の二人組が、上機嫌で歩いているのが見える。たまたま上手くいった仕事でもあったのか？　結構なことじゃないか、と思ったテリオンだが、彼らを見送ろうとして目を細めた。

あの二人組が手にしているもの。テリオンが見覚えのあるそれは、間違いなくアーフェンの持ち物だった。

二人組の片方は、財布を開いて中を覗き込む。

「あの兄ちゃん、ぜんぜんリーフ持ってなかったなぁ」

「薬師なんて儲《もう》かりそうなのにな。アテが外れたぜ。ま、こっちの方を売っぱらえばなんとかなるだろ」

テリオンは舌打ちした。売っぱらおうなどと言っているのは薬師の道具だ。テリオンには使い方がさっぱりわからないが、アーフェンがいつも大事そうに持ち歩いているのは知っていた。

案の定だ。やはりつけこまれてるじゃないか。だから言わんことじゃないんだ。

そんな大事な商売道具なら、何故そんな簡単に盗まれるようなところに入れておく。

「今頃、酒代も払えずに途方に暮れてんだろうな。可哀想に」

「あんなところで『私はカモです』みたいな顔して座ってんのが悪いのさ」

「はは、違いねぇや」

二人組は、テリオンの視線に気づいた様子もなく、鞄にアーフェンの財布や商売道具をしまって歩き始めた。向かう先はまた別の酒場だ。戦利品で一杯やろうという腹だろう。

テリオンは、二人が酒場に入ったのを確認した後、ふらりと歩き出した。

「タダ酒しようたぁ良い度胸じゃねぇか兄ちゃん！　あぁ⁉」

「ち、違うんだって！　さっきまであったんだよ！　あれ、おかしいなぁ……」

酷い剣幕で怒鳴る店主を前に、アーフェンは大慌てで財布を探している。店を出ようと思ったのがほんの少し前。支払いをする段になって初めて、手持ちがまったくないことに気づいた。

普段入れているポケットはもちろん、上着をひっくり返しても出てこない。ならば、いつも持ち歩いているコレの中か？　と、そう思って薬鞄を確認しようとしたときだ。聞きなれた声が、後ろから届いた。

「何をしている、薬屋」

ハッとして、アーフェンは振り返る。

「て、テリオン～‼」

小柄な盗賊が、腕を組んでこちらを見ている。アーフェンは思いきり笑顔になって、彼の名前を呼んでいた。

テリオンは情けない笑顔を浮かべているアーフェンと、青筋を立てた店主を交互に見比べて、すぐに状況を察したようだった。

「店主、俺が立て替えよう」

テリオンの登場に、正直『助かった』と感じたアーフェンだったが、さすがにこうもあっさり助け舟を出してきたことには驚いた。なにせ、さっきはあれほどそっけない態度を取ってきたテリオンだ。

「え、テリオン、良いのか？」

「薬屋。俺は別に奢《おご》るとは言っていない」

「いや、そりゃわかってるけどよ……。助かった、ありがとな」

困惑を振りきって、まずアーフェンが口にしたのは感謝の言葉だ。

何はともあれ、テリオンのおかげでひとまずのピンチを脱したのは確かなのだ。満面の、人懐っこい笑みと共に礼を述べる。テリオンはそれには応じず、すたすたと店の出入り口へと歩いて行ったが、店を出たあたりで、アーフェンにこう尋ねてきた。

「財布はどうした」

アーフェンは苦笑いを浮かべ、照れくさそうに頭を掻きながら、ひとこと答える。

「失くしちまった」

それを聞いた瞬間、テリオンの目つきが剣呑《けんのん》なものを帯びるのがわかった。表情を滅多に悟らせない彼が、静かな怒りを覚えている。

そしてその怒りの矛先は、理由こそさっぱりわからないが、自分《アーフェン》だ。

「盗まれたんだ」

テリオンは低く、小さい声で、しかしハッキリと告げる。

「え、ああ、やっぱそうなのかな？」

「そんな危機感のない御人好しだから盗られるんだ。隙だらけなんだよ。俺だったら酒場から出てここまで歩いてくる間に、おたくを丸裸にできる」

「いやすまねぇ。そんな時があったら、肌着くらいは残しといてくれよ」

「……っ」

冗談めかしたアーフェンの言葉は、かえってテリオンの神経を逆なでする。

「俺だって盗賊だ。俺がやっていないという保証がどこにある⁉」

アーフェンに詰め寄り、テリオンは彼の胸倉を摑《つか》み上げる。

「何言ってんだよ。テリオンがそんなことするわけないだろ……？」

この気さくな青年には、いま、旅仲間であるはずの盗賊が何故ここまで怒りを露《あら》わにしているのか、すぐには理解できなかった。ゆえに、謝るべきか、反論するべきかもわからなかった。

テリオンの細い身体がふらついたように見えたのは、その時だ。

いや、見えた、ではない。彼は体幹を崩し、はっきりとよろけた。その時、アーフェンは初めて、彼の顔に小さな汗が噴き出ているのを確認する。

「お、おいテリオン、おまえ、体調悪いんじゃねぇのか……？」

これまで気づかなかったとは迂闊《うかつ》だった。

いや違う。テリオンの方が気づかせないようにしていたのだ。心配をかけないように、気を遣って、などという理由ではないだろう。テリオンはずっと、人前で弱みを見せないようにしていた。

「何があった、診せろ」

「構うな……！」

アーフェンの手を跳ねのけるテリオン。その力は思っていたよりも強かった。何でもないように、平然と歩きだす彼の身体は、しばらくするとまたすぐにフラついて、崖際の柵に寄りかかる。

「あっぶね……！」

支えようとしたアーフェンの手を振り払うだけの力は、今度こそ残っていなかった。ひどい熱が出ている。かなりの時間、無理を続けているのがわかった。くわえて、ここ数時間で急激に症状が悪化している。

アーフェンはぐったりしたテリオンを背負うと、薬鞄を肩にかけ、宿屋へと走った。

「クジャク熱だ」

テリオンを寝かせた部屋の扉を閉め、病名を説明する。

宿屋の廊下には仲間たちが集まって、思い思いの表情でアーフェンを見つめている。

「鳥型の魔物を媒介して、傷口から感染することがあるっていう病気なんだが、療法自体はそんなに難しいもんじゃねぇ。薬の作り方もわかってる。ただ、材料がねぇんだ」

「何が必要なんだ？」

オルベリクが尋ねる。さすがに、アーフェンの言いたいことはすぐにわかってくれた。もちろん彼だけでなく、他の仲間もオルベリクの言葉に頷いている。

背にした扉をちらりと見て、アーフェンは答えた。

「クジャク熱っていうのは、魔物が病気を運んでくるが、そいつら自体は発症しねぇんだ。鳥型の魔物は耐性を持ってるからな。だから鳥型の、それもできるだけデカい魔物の血と羽根があれば、あとは俺がいつも持ち歩いている材料で薬が作れる。この辺で、ちょうどいい奴が見つかるかどうかはわかんねぇが……」

「いや……」

サイラスが何かに気づいて顔をあげた。

「確か、クリフランドの谷底近くには、かつて鳥葬に用いられていたという洞窟がある。そこならば、アーフェン君の言う条件に合う魔物も見つかるはずだ」

「よし、ならば俺たちでその材料を取りに行く」

結論はすぐに出た。日は既に沈んでいる。クリフランドの切り立った山道を、夜闇の中進むのは危険が伴うが、それでもすぐに出発することに異論を挟むものはいない。彼らの気持ちがわかるから、アーフェンは危険について野暮なことは言わず、ただひとこと、オルベリクに向けてこう言った。

「頼むぜ、旦那」

「ああ」

オルベリクたちは支度を整え、薬の材料を探すため、すぐに宿屋を発つ。

トレサはテリオンを気遣うような言葉を残し、ハンイットはすぐに戻るから待っていろと言い、プリムロゼも看病は任せたわと言って、オルベリクに同行した。

看病のために残ったのはアーフェンと、それからオフィーリアだ。

薬が完成するまでは、対処療法を繰り返すしかない。氷水で冷やした布を額に載せ、傷口を消毒して清潔な包帯で巻いていく。幸い、こうした物資は補充を終えたばかりなので、潤沢にあった。

「アーフェンさん」

丁寧な看病を続けていたオフィーリアが、不意に呟く。

「テリオンさんが、クジャク熱に感染したのは、きっと……」

「ああ、そうだろうな……」

ボルダーフォールに到着する数日前、バーディアンの群れと戦闘を行ったときだ。あのとき、オフィーリアとバーディアンのもとに真っ先に駆け付けたのがテリオンだった。アーフェンたちが追い付いた時点で、テリオンが傷を負っているようには見えなかった。だから余計に気づくのが遅れたのだろう。しかし実際は、魔物の攻撃からオフィーリアを庇《かば》おうとして、腕部に鋭い一撃を受けていた。

「別にオフィーリアが気に病むことじゃねぇ」

「……はい」

それでも彼女は責任を感じるのだろうが、アーフェンはそう言った。

「いえ、大丈夫です。あのとき、テリオンさんが私を助けてくださったように、私もテリオンさんを助けます」

「ああ、いいと思うぜ。それで」

ここにオフィーリアがいてくれて、正直助かった。病人を看る経験もそれなりにあったであろう彼女は、飲みこみも早い。仲間が谷底へと薬の材料を取りに行っている間、アーフェンとオフィーリアは、役割を分担しながらテリオンの看病を続けた。

ベッドの上に寝かされたテリオンは、苦しげな表情を浮かべている。戦闘中、いかに劣勢であれ、彼が苦悶《くもん》を顔に出すことはなかったと言って良い。倒れる直前までクジャク熱に感染していたことを悟らせなかったように、この盗賊は徹底的に自分の弱さを他人に対して隠そうとする。

──隙だらけなんだよ。

テリオンにそう詰め寄られたのは、ほんの一、二時間前だ。

彼が自《みずか》らの弱さをひた隠しにしようとするのは、そこに付け入られるのを避けるためだ。テリオンはずっと独りで生きてきたし、今もたぶん、独りで生きている。

──俺だって盗賊だ。俺がやってないという保証がどこにある？

アーフェンは、びっしょりと汗を浮かべたテリオンの顔を眺め、自らの額を押さえる。

「保証って……。そんなもんが、必要なのかよ……」

しぼり出すような声が、自然に漏れていた。

保証がなければ、お前がやってないと信じるのはいけないことなのか？　アーフェンは当然、今でも信じている。たとえ財布が盗まれたとしても、それをやったのがテリオンであるはずがない。

次に思い出すのは、プリムロゼの言葉だ。

――違うわよ、アーフェン。あのね……。

レイヴァース邸を後にしたとき、彼女はアーフェンにこう耳打ちした。

――テリオンの〝罪人の腕輪〟は、とっくに鍵を外されているわよ。

バーディアンにつけられた彼の傷口を確認するとき、アーフェンは両腕を見た。そこには確かに腕輪はあったが、留め具に手をかければ、カチャリと音をたてて、いとも簡単に外れ、一人の盗賊がとうの昔に自由になっていたことを示していた。

テリオンがこれに気づいていないはずがない。彼にはレイヴァース家の秘宝を取り返す必要は、もうないのだ。それなのに彼は、ご丁寧にも長袖で手元を隠し、アーフェンたちの旅に同行して、当初の目的を果たそうとしている。

「ってことは、やっぱおまえ……」

「アーフェンさん？」

オフィーリアが不思議そうに首を傾《かし》げ、アーフェンの顔を覗き込んでくる。

そこで彼はようやく、自分が何度か、独り言を口にしていたことに気づいた。はっと口元を押さえても、当然もう遅い。気恥ずかしさが後からやってくる。

「お疲れのようでしたら、少し休んだ方が良いかもしれません。アーフェンさんは、みなさんが戻られたあとにお薬を作らなければなりませんし……」

「いや！　いい！　大丈夫だ。そういうんじゃねぇから！」

手をバタバタと振るアーフェンを見て、オフィーリアはくすりと笑う。

「テリオンさんのことを考えていたのですか？」

「うん。そうだな。ちょっといろいろあってさ」

つられて、アーフェンも笑う。

そう、ちょっといろいろ。その程度のことだ。喧嘩《けんか》というほどの話でもない。

テリオンは他人を信用するなと言った。そしてそれは、やはり他人であるアーフェンのことを、自分は信用しないという、意思表示にも見えた。

ただそれにしては、身を挺《てい》してオフィーリアを庇ったり、腕輪の鍵が外れているのにレイヴァース家の秘宝を取り戻そうとしていたりしている。

テリオンのことをすべてわかった気になるつもりはない。だが、そのささやかな矛盾に、彼の本音の一端が滲《にじ》んでいるのは事実だ。

「テリオンの奴、自分は自分、他人は他人だって言ってさ。他人《テリオン》を信用する俺のこと、迂闊だってよ」

アーフェンは、テリオンにつきつけられた言葉を思い出す。

そう、自分は自分、他人は他人。彼の言うことは間違っていない。

「でも結局それって、どこまで行っても俺は俺、テリオンはテリオンってことだもんな」

「そう、ですね。アーフェンさんはアーフェンさんです」

アーフェンの物言いはふわっとしたものだったが、オフィーリアはその言葉の意味するところを捉えてくれたようだった。

テリオンは、口が悪くてそっけなく、絡みづらいことこの上ないが、アーフェンから見て悪い奴ではない。それどころか、――これを本人に言ったら鼻で笑われるだろうが――〝良い奴〟だと、アーフェンは思うのだ。

口で何を言い、どんな態度を示そうと、テリオンはそういう奴だ。

そして、そんなテリオンに何かと構って、今もこうして病気を治そうと世話を焼いている、アーフェン・グリーングラスとはそういう奴なのだ。

「よし、旦那たちがいつ帰ってきてもいいように、準備だけはしとかねぇとな……！」

自らに気合を入れ、アーフェンは薬鞄を開ける。調合用の道具や薬草を用意しようとして中を覗き込み、そこで一気に青ざめた。

「げっ……！」

「ど、どうしました？」

「ね、無ぇ……」

道具が、ない。入って、いない。

いや、ないはずがない。ボルダーフォールの下層をぶらついていた時、転んだ少女に薬を塗ってやった。そのときは確かに鞄に入っていたのだ。その後は一度も鞄を開けていないから、落としたということも考えにくい。

盗られた、のだとすると、テリオンの指摘が正しかったことになる。後から気づかされるとは決まりが悪いが、この件について盗人の心当たりは、すぐにアーフェンの脳裏に浮かび上がった。

先だっての酒場、あの二人組だ。

「あ、い、つ、ら……！」

普段は気さくで温厚な青年も、この時ばかりは煮え湯を飲まされたような顔になる。

テリオンを運ぶとき、薬鞄の軽さに気づいておくべきだった。結局あの時も、慌てていたということなのだろう。

「あ、アーフェンさん……？」

「オフィーリア、テリオンの看病を頼めるか!?　俺、ちょっと出てくる！」

言うなり、扉を開けて廊下に飛び出すアーフェン。

盗んだ二人組がどこにいるかもわからないが、ひとまずは探すしかない。こういう時、深く考えるより先に身体が動いてしまうのも、アーフェンという男だった。

「アーフェンさんっ！」

後ろから呼ぶ声を振り切って、アーフェンは夜のボルダーフォールに飛び出した。


ボルダーフォールは決して狭い街ではない。必要とあらばレイヴァース邸に押しかけて、何かしらの協力を仰ぐ必要があるかもしれない。ただ、アーフェンはテリオンのことで、コーデリアに必要以上の心配をかけさせたくない、という気持ちがあった。

結論から言えば、それは杞憂《きゆう》に終わる。

アーフェンが例の二人組と飲んだ酒場。

そこからそう遠くない場所で、彼らを見つけることができた。肩を組んでずいぶん上機嫌に歩いている二人組に、アーフェンは背後から、大股で近づいていく。

「……おい」

「あぁん？」

背後から声をかけると、彼らは警戒もしていない様子で振り返ってきた。

だいぶ酒が入っているのだろう。顔が赤く、目つきもぼんやりとして焦点が定まっていない。気も大きくなっているようだった。盗みを働いた相手を前にして、逃げるでも平静を装うでもなく、ただニヤニヤと笑っている。

「おい、俺の薬道具……お前らが盗んだのか？」

「あぁ、誰かと思えば、あのカモの兄ちゃんじゃねぇか！」

二人組の片割れがおどけたような甲高《かんだか》い声をあげると、もう片方がゲラゲラと笑う。アーフェンは拳をぐっと握って、彼らを睨みつけた。

「返しな……。俺の大事なモンなんだよ……」

低く抑え込んだ声で静かに告げても、酒の入った二人組は下品な笑い声をあげるだけだ。

「悪いがそういうワケにゃあいかねぇなぁ！」

ひとしきり笑い終わったあと、彼らは懐からナイフを取り出して叫んだ。アーフェンは黙って、その下品な笑い顔を睨みつけている。

「飲み代もあれっぽっちじゃ足りなかったところでよ！　もちっと金目のモンを置いてかなきゃあ、ちょっとじゃすまねぇ怪我をすることになるぜ！」

「上等じゃねぇか！」

さすがに我慢の限界だ。一拍の後、アーフェンの拳は、ナイフを持った男の鳩尾《みぞおち》にめり込んでいた。

「おごっ……」

ここまでの旅で、アーフェンも伊達《だて》にオルベリクやハンイットのような戦闘のプロフェッショナルたちと轡《くつわ》を並べてきたわけではない。重たい一撃を食らって、二人組の片割れは白目を剝《む》きうずくまる。

「てめぇっ！」

もう片方のチンピラは、やはりナイフを手にアーフェンへと突っ込んできた。アーフェンは振り返り様に、ナイフの刺突《しとつ》をするりと避けて、その頬骨めがけて殴りつける。男が怯《ひる》んでナイフを取り落としたところに、二発目のパンチがとんでいった。

ただでさえ飲みすぎで前後不覚気味だった男たちだ。顔面には気持ちが良いほどまっすぐに、アーフェンの握りこぶしが突き刺さる。鼻血を出し、あおむけにフラつくチンピラ。そこにさらにダメ押しの三発目がとんで、路地裏に積まれたガラクタゴミの山へと、男の身体が吹っ飛んでいく。

ガラクタが大きな音を立てた。ゴミの山からは、男の足だけが覗いている。

「やっべ……！」

さすがにやりすぎたか。薬師が怪我人を増やしていては世話がない。

アーフェンは、ゴミの山からチンピラの腕を引っ張り上げた。もう片方は、鳩尾への一撃が綺麗《きれい》に決まりすぎて意識を失ったままだが、ガラクタに突っ込んだ方はまだ目を開けていた。

「おい、もう一度聞くぞ。俺から盗んだモンはどこだ」

ついつい荒っぽい方法になってしまったが、あくまでも目的は薬道具だ。

「す、すまん。金の方は、もう、使っちまって……」

「そいつはもういい。いま大事なのはそっちじゃねぇ。薬道具の方だよ。入ってたろ」

「そ、それが……」

と、震える声で、チンピラが言う。

「ねぇんだ」

「なんだって？」

アーフェンは驚いて聞き返した。ない。そう言ったのか？

「おい、嘘だろ。もしかしてもう誰かに売っちまったのか⁉」

「そうじゃねえ。いつの間にか失くしちまったんだよ！　確かに俺たちが盗んだよ。でも、財布も、薬も道具も、もう持ってねぇんだ！」

「おいおい。そんな……」

そんな嘘で人を騙《だま》せるとでも、と言いかけて、アーフェンは首を傾げた。

男の怯《おび》えはホンモノだ。嘘をついているようにも見えない。アーフェンは彼らから、より詳しく事情を聞きだしてみることにした。

「とりあえず詳しく話してくれ」

「あ、ああ……」

彼が言うことには、こうだ。

この二人組は、酒場で見かけたアーフェンを恰好《かっこう》のカモだと思い、声をかけた。腹立たしい話だったが、黙って続きを促す。結局この件については、テリオンの言っていた通りになってしまったということだ。

アーフェンに接触し、親しげに声をかけ、警戒心を奪った後は簡単だった。

さっくりと、鞄の中から財布と、金目のものを探した。彼らに薬の知識はまったくなかったから、適当な薬草と、それから専門道具らしきものを持ちだしたということである。

使い方がわからないなりに、雑に扱ったりはしなかった。

このボルダーフォールで捌《さば》けないなら、クリアブルックなりシ・ワルキなりに出向いて、あるいはもっと発展した街、例えばヴィクターホロウあたりなどに向かえば、それなりに高値で売れるだろうと踏んだからだ。

しかし気づけば、財布も、薬も、道具も、さっぱり無くなっていた。

「何か変わったことなかったのか？」

「い、いや。別に……。しいて言えば、人混みで人とぶつかったくらいで……」

「ぶつかった？」

「ああ……。前は、このボルダーフォールでよく見かけた顔だ。紫の装束をまとった、白髪の若い男で……」

テリオンだ。

アーフェンははっとした。

あいつ、まさかひょっとして、もう。

「ったく……！」

つい、悪態が口を突いて出た。それならそうと、先に言えというのだ。おかげさまでとんだ回り道をすることになってしまった。その悪態は、同時に安堵《あんど》の溜息も、兼ねていたものではあったが。

「じゃ、じゃあ、へへ、俺たちはこれで……」

地面に這《は》いつくばったままの相棒に肩を貸し、そろりそろりとその場を去ろうとするチンピラ。

「……待ちな」

そんな彼らに、アーフェンは鋭く声をかける。びくり、と肩を震わせ、男はゆっくりとアーフェンの方を振り向いた。額から血が出ていて、目のあたりにはあざがある。

「……怪我、診せてみろ。あざはともかく、傷の方なら良いのがあるからよ」

「い、いや、そんな……え？」

「急いでんだ。早く診せろよ。あんたらテリオンとすれ違ったんだろ。ちっちゃな傷でも放っとくと、同じ病気になるかもしれねぇ」

幸い、夕方少女の怪我を診たときの軟膏は、鞄にしまわずポケットに入ったままだ。まだ信じられないというように目を丸くする二人組の片割れに、アーフェンは急かすように、軟膏の入った容器を出してみせた。

宿屋に戻ると、オフィーリアが心配そうな顔をして出迎えてくれた。

「アーフェンさん。どうしたんですか、急に走っていなくなったりして……」

「わりぃ。ちょっと探しものがあってさ」

とは言え、結果としては徒労みたいなものだったのだが。

アーフェンは、ベッドの上のテリオンを見る。薬ができていない以上、状況は予断を許さないが、うなされていた時に比べると、だいぶ落ち着いている様子である。これまでの看病の甲斐《かい》もあったらしい。

そのまま、テリオンの小さな鞄に、アーフェンは手をかける。

「悪いな。ちょっと見させてもらうぜ」

とは言え、予想通りだがこの中に入っているのは、テリオンのものではなく、アーフェンの持ち物であるはずだが。

そして実際、それは的中する。

テリオンの鞄から出てきたのは、財布と、薬と、調合道具。

すべてアーフェン・グリーングラスの持ち物だ。

「アーフェンさん、それは……」

「ああ、テリオンが取り返してくれたんだとよ」

おそらく、あの二人組がアーフェンの鞄からこれらをくすね、酒屋を出たすぐ後だ。テリオンは彼らが盗みを働いたことに気づき、そして、誰から、何を盗んだのかまで察した。あいつのことだから、また舌打ちでもしたんだろう、とアーフェンは思った。

言わんこっちゃないと、そうも考えたに違いない。

テリオンは、この時点でクジャク熱を発症していたはずだ。体調がすぐれていなかろうと、しかし彼の技術の冴《さ》えに乱れはなかったのだと思われる。二人組は、盗まれたことすら気づかないままだったのだから。

彼らからアーフェンの持ち物を取り返し、それからテリオンは酒場で困っているアーフェンのもとへ来た、というわけだ。

「そうだったんですか」

オフィーリアは笑顔になる。

「ったく、何が『俺が盗んだとは思わなかったのか』だよ」

あのままアーフェンと問答が続いていれば、テリオンはどうしただろうか。

自分から鞄の中身を見せて、こちらの出方を窺《うかが》ったりしただろうか。それとも、そのまま返してくれただろうか。一番ありそうなのは、アーフェンが気づかないうちに、こっそり鞄に戻しておくとか、そういうパターンだ。

「やっぱりテリオンさんは、テリオンさんですね」

オフィーリアが笑顔で言うのを聞いて、アーフェンも頷いた。

そうだ。テリオンはテリオンだ。彼がなんと言おうとも、アーフェンが彼のことを疑ったりはしない。それで良い。


それからしばらく、交代で睡眠をとりながら、テリオンの看病を続けた。

オルベリクたちが戻ってきたのは翌朝だ。特別、ひどい怪我を負った仲間もおらず、みな無事である。

「これで足りるか？」

オルベリクがそう言って出してきたのは、大きな虹色の羽根だった。それも複数枚。いや、トレサの背負った荷袋からはみ出していたりする分を数えると、もっとか。

「十分だ、ありがとう」

「何か手伝うことはあるかい？」

サイラスが尋ねてくるが、それに対しても、笑ってかぶりを振る。

「いや、一人で大丈夫だ。疲れてんだろ、休んどけよ。病人が増えちゃ元も子もないぜ」

「ふむ。クジャク熱の特効薬に興味はあったのだが……。確かにアーフェン君の言う通りだ。お言葉に甘えるとしよう」

旅の仲間たちが、それぞれ部屋に戻っていく。当初借りていた男部屋は、現在テリオンの看病で占有してしまっているので、もう一部屋、余計に借りることになった。が、そこに文句を言うものなど、当然ながら一人もいない。

アーフェンが調合にとりかかろうとすると、そこにはまだ、女性陣が残っていた。

「……テリオンさん、大丈夫そう？」

「ああ、心配すんな。こいつはそう簡単に病気に負けるような奴じゃねぇし、みんながとってきてくれた薬もある」

「そう、だね」

すぐに彼女らしい明るい笑顔に戻ると、トレサもまた、部屋に戻っていく。

「じゃあ、後は任せるわ。アーフェン」

「おうよ、任せとけ」

「また必要なものがあったら相談にのるぞ」

「今んとこ大丈夫だ。ありがとな」

プリムロゼとハンイットも小さな笑みを浮かべて、トレサの後を追う。

オフィーリアは、今ちょうど交代の時間なので、部屋に戻って眠っている。

「ほらな」

残された部屋で、アーフェンはテリオンに向けて言った。

「おまえがどう言おうと、みんな心配してんだよ。おまえのこと」

このわからず屋め。

その言葉だけは口の中に留め、アーフェンは薬の調合を始めた。クジャク熱の特効薬を自分の手で作ること自体は初めてだが、必要なものはすべてそろっている。難しいことは何もなかった。

アーフェンがふと顔をあげると、ゼフから餞別《せんべつ》に譲り受けた薬鞄が目に入る。

旅の仲間たちに加え、ゼフもいまの自分を支えてくれる。それで、一緒に旅をしている仲間を助けることができる。

いまのアーフェンには、なんだかそれが、無性に嬉しかった。

熱が引いてしばらくの間、テリオンは眠り続けていた。彼が目を覚ましたのは二日後、ちょうど、アーフェンが容体を確認しにきた時だった。

「……俺は」

ぽつりと、そう呟くテリオン。

「よう」

アーフェンはニカッと笑みを浮かべ、挨拶した。

「薬屋」

「目ぇ醒めたか。腹、減ってねぇか。今は胃袋が弱ってるから、大したもん食わせらんねぇが」

そろそろ起きるだろうと踏んでいたので、仲間たちが、テリオン用にと幾らかの食べ物を部屋に置いている。隣の部屋には、まだ誰かいるだろうから、頼めばちゃんとしたものを用意してくれるだろう。擦りりんごでもいいし、乳粥《ちちがゆ》のようなものでも良い。ともあれ、胃腸に負担をかけず、栄養のとれるものだ。

「……そうか、俺は、倒れていたのか」

テリオンは、そこでようやく自分の状況を確認し、それから、まくられた紫の長袖を、黙ってもとに戻した。

「結構寝てたぜ、気分はどうだ」

「なんとも言えんな。だが、あまり良い気分でもない」

「だろうな。まだ無理は禁物だ」

そう言って、アーフェンは隣の部屋に声をかけ、何か簡単な食事を作ってもらうよう頼む。その様子を眺めながら、テリオンは呟いた。

「……一生の不覚だ」

「まぁ、バーディアン相手に傷を負うのはお前らしくなかったな。オフィーリアを守るためだったんだろ？」

「そうじゃない。借りを作ったことだ」

テリオンは、低い声で忌々《いまいま》しげに呟く。

「作ってねぇよ、借りなんか」

あえてそっけない物言いで、そう答えてやった。

「別に、おまえに交換条件を求めてやってるわけじゃない。したいようにしてるだけだ。おまえが、コーデリアさんのとこの秘宝を取り返してるみたいにさ」

「………」

テリオンは、自らの手首を押さえて黙り込んだ。罪人の腕輪がつけられている場所。しかし、その鍵が既にヒースコートによって外されていることを、アーフェンは知っている。もちろん、コーデリアには秘密だ。テリオンがそれを望んでいるから。

「なぁテリオン」

黙ったままの彼に、アーフェンは続けた。

「俺はお前が盗賊だからって、どうこう思ったことは一度もねぇよ。確かに、俺たちはお互いのこと何もしらねぇ関係だけど、だからって、利用したり、されたり、借りを作ったり、返したりするだけの関係でもない」

現に、仲間たちは、テリオンの体調が回復するまで、この街に残ることを選んだ。ボルダーフォールへの逗留《とうりゅう》は、本来の予定より幾らか遅れてしまっている。遅くとも昨日には、ここを発っている予定だったのだ。

テリオンは優秀な旅の仲間だが、それだけならば、置いていくことができた。何も見捨てると言っているのではない。レイヴァース邸に預けることだってできた。アーフェンの用意した特効薬さえあれば、コーデリアとヒースコートの看病で、テリオンは無事に峠を越えることができたはずだ。

「俺は……」

と、言いかけて、テリオンは口をつぐんだ。

彼が何を言おうとしたのかはわからない。『そんなことを頼んではいない』だろうか。

「おまえだってさ」

アーフェンは椅子《いす》に腰を下ろし、手をあげて言った。

「おまえだってさ、テリオン。俺の道具、取り返してくれただろ」

「……………」

「まだ言ってなかったな。ありがとよ。大切なもんなんだ、これ」

正直な気持ちだけを伝えるアーフェンに、テリオンはまだ、しばらく黙ったままだ。

しかし、幾らかの沈黙の後、彼は静かに、口を開いた。

「おたくとダチとやらの関係に、水を差すことを言ったのは、謝罪する」

無口な盗賊の言葉は、意外なところから始まった。

気にして、いたのだろうか。アーフェンと、ゼフの関係のことを、『他人だ』と言いきってしまったことを。少し意外に思いながらも、不器用な謝罪を、アーフェンは口を挟まずに受け取ることにする。

「だがな、薬屋。誰とでも、そういう関係を築けるわけじゃないんだ」

そう語るテリオンの言葉には、一抹《いちまつ》の寂しさが滲んでいるように感じた。

あるいは、気のせいだったのかもしれないが。誰かに、自分に、言い聞かせているような言葉にも、感じられてしまったのだ。

「その底抜けの甘さがある限り」

口調が、いつものような、低く、冷ややかなものへと変わる。テリオンの鋭い目つきが、突きさすようにアーフェンを睨んだ。

「その甘さがある限り、おたくはいつか近いうちに、手ひどい裏切りにあう」

「それ、予言か？　忠告か？」

「好きなようにとらえて構わん」

盗賊はぷい、と視線をそらす。

「じゃあ、俺からも言っておくぜ、テリオン」

アーフェンは、仕返しのつもりで口元を吊《つ》り上げる。

「おまえだって、いつか近いうちに、誰かを信じたり、信じてもらったりして良かったって思う日が来る」

「……それは、予言か？　忠告か？」

「さぁね。でも間違いないぜ」

アーフェンはそれだけ言って、宿屋の扉を大きく開け放つ。クリフランド特有の、谷底から吹き上げるような風が、ここまで届いた。カーテンをふわりと揺らし、青空と眩《まぶ》しい日差しが、部屋の中に飛び込んでくる。

「薬屋」

ばたばたと、小さな鳥たちの飛び立つ音がした。

そうした音に紛れて、ともすれば聞き落としてしまうような声が、ぼそりとアーフェンに届く。

何も言わずに振り返る。テリオンは、目を窓の外へ向けながら、言葉を続けた。

「俺からも言っておく。助かった」

「ったく」

それは、アーフェンがテリオンから初めてもらった、謝礼の言葉だった。『ありがとう』の欠片《かけら》もないが、間違いなくテリオンの感謝が込められていた。思っていたよりも耳心地がよく、ついつい笑顔を抑えきれなくなる。

アーフェンは、嬉しさに笑みをこぼしながら、空の蒼《あお》を見上げていた。

「相変わらず、声が小せぇんだよなぁ」

吹雪の夜に

「俺は反対だ、ハンイット。危険すぎる」

オルベリクの表情は険しい。しかしそれも、やむを得ないことだ。

フロストランド地方、スティルスノウ。その名が示す如く、一年を通して銀雪に覆われている街を、フロストランド全域であっても稀《まれ》に見るほどの猛吹雪が襲っていた。決して安普請《やすぶしん》ではないはずの窓が、ガタガタと揺れている。その外は、夜でありながらも視界が真っ白になるほどの雪。

この雪の中でハンイットは、オフィーリアを探しに行くというのだ。

「危険は承知の上だ。しかしわたしも、無茶や無謀を言っているつもりではない」

ハンイットの声は、張り詰めているが落ち着きもある。決して、冷静さを失った人間のそれというわけでもない。

「しかし……」

「わたしならば、この視界の中でも、リンデの残したわずかな痕跡を辿《たど》っていける。ここからそう遠い場所ではないしな」

一行がオフィーリアとはぐれたのは、今から数時間ほど前の話だ。

白き森を抜け、スティルスノウへと戻る道すがら、彼らは吹雪に見舞われた。長い道のりではなかったが、視界はあっという間に奪われる。吹きつける風と雪の中、足を踏み外したオフィーリアが滑落《かつらく》したのだ。

思慮深い彼女であれば、雪道の移動であっても慎重に行動ができたはずだ。

しかしここ数日、オフィーリアには目に見えて悩みがあり、その行動が幾らか精彩を欠くということも起こっていた。そうした中での滑落である。真っ先にハンイットが手を伸ばすも、オフィーリアの手は摑めず。何が起こったのかわからないといった表情の彼女が、白い雪の中に消えていくまでは、本当に一瞬だった。

仲間たちが彼女を助けようとする中で、一番的確に行動を示したのは、他の誰でもない、雪豹《ゆきひょう》のリンデであった。リンデはハンイットに目配せをして、ハンイットもまた、すぐに相棒の意図を汲《く》み取る。ハンイットが、手持ちの食料と酒、寒さをしのぐためのわずかな道具をリンデの身体に括《くく》りつけると、その雪豹は真っ先に、オフィーリアを追って自《みずか》らも雪の向こうへと消えていったのだ。

装備を整えていない状況で、これ以上吹雪の中に留まるのは危ない。一行は、歯がゆい思いをしながらも、スティルスノウへと戻るよりほかにはなかった。

「リンデはフロストランドの出身だ」

ハンイットは毛皮を着こみ、ブーツにかんじきを結びつけながら言う。

「吹雪の中でもすぐに獲物を見つけられる。あいつがオフィーリアと一緒にいるのは間違いない。しかし、それとオフィーリアが無事であることは、また別だ」

そう言って、窓の外の吹雪へと視線を移すハンイット。

「この状況では、凍死の危険も時間ごとに増していくし、リンデの痕跡も見つけづらくなる。しかし、今なら……」

「なるほど。今なら、オフィーリア君の生命も、リンデ君の痕跡も無事であると」

「……そういうことだな」

それまで黙っていたサイラスが言葉を継ぎ、ハンイットもそれに頷《うなず》く。オルベリクは難しい顔をして唸《うな》った。

「しかし、一人というのはやはり危険だ。誰かしらと行動を共にした方が……」

「一概にそうも言えないよ、オルベリク」

暖炉の前で、サイラスは手のひらを組んでいる。

「この吹雪の中だ。シ・ワルキの狩人であるハンイット君なら、ある程度は慣れているかもしれない。しかし他のみんなはどうかな。ホルンブルグ王国の騎士団でも、雪中行軍の訓練はあったかもしれないが、さすがに吹雪の経験はない。そうだろう？」

「……そうだ」

オルベリクは溜息をつく。

オルベリクが慎重になっている原因も、むしろそこにあるのだろう。と、ハンイットは思った。旅の仲間の中で、『部隊』を率いた経験のあるのは彼だけだ。だから彼は、無茶な進行に対しては常に反対する立場を取っている。

しかしサイラスの言う通り、ハンイットはこうした悪環境の中一人、獲物を追い続けた経験がある。それも一度や二度ではない。師匠の無茶振りがこういう形で役に立つ日が来るとは思ってもみなかった。

他の者が足手まとい、などと言うつもりはないが、一刻を争う状況ではなるべく身軽な状態で動きたいのは確かだ。

どう言ったものか、と考えていると、ばん、宿屋の扉が開いた。吹き込む雪風とともに、コートを着こんで身を縮こませたプリムロゼが入ってくる。彼女は、髪についた雪を払い落としながら、難しい顔をする。

「アリアナのところで聞いてきたけれど、もう少し雪がおさまれば、馬車の手配をしてもらえるそうよ」

「だがこの調子では、いつおさまるかもはっきりしたことは言えんな」

少し遅れて入ってきたテリオンが、扉を閉めながら言う。

そんな様子をちらりと見て、ハンイットは改めて発言した。

「心配は無用だ、オルベリク。あなたの気持ちは素直に嬉《うれ》しいが、これでもわたしは無茶をする側ではなく、諫《いさ》めてきた側だからな。危険だと判断すればすぐに戻ってくる」

「……そうか」

オルベリクは最後、根負けするように頷いた。

「しかし無理はするなよ、ハンイット。〝兎《うさぎ》を追って虎に噛《か》まれる〟という言葉もある」

彼の不器用なりにしっかりとした意思表示を受け、ハンイットはにやりと笑う。

「シ・ワルキの狩人に、そのことわざを引き合いに出すのか？」

「それはまさに〝紳商伯に相場を説く〟ようなものだね、オルベリク」

暖炉の前をプリムロゼとテリオンに譲ったサイラスが、さらりとそんなことを言った。

ここにきて、ようやくオルベリクも観念したような態度を取る。ふう、と大きな溜息をつき、小さくかぶりを振った。そして彼自身、小さく口元を緩める。

「確かに、そうだな。ハンイット、オフィーリアを頼む」

「ああ、わかっている」

完全に防寒態勢を整えたハンイットは、口元も毛皮で覆っている。彼女はくぐもった声で、仲間の言葉に頷いた。

「ハンイット！」

「ハンイットさん！」

出発しようとするハンイットを、後ろからアーフェンとトレサが呼び止める。

「何かあるかもしれないから、凍傷の薬を渡しておく」

「あたしからは暖炉石。体温が下がってきたら、湯たんぽみたいに使ってね」

「ありがとう、二人とも」

ハンイットは頷いて、二人からの餞別《せんべつ》を受け取った。

扉を開けて、外に出る。豪雪の中に身を躍らせ、彼女は仲間と相棒の待つ銀世界へと溶けるように消えていった。


オフィーリア・クレメントが目を覚ましたのは、ごつごつした岩肌の上だった。多少、上着を着こんでいる程度では防ぎきれない寒さに、思わず身をすくめてしまう。まだ朦朧《もうろう》とする意識の中、周囲を見回して、どうやら洞窟の中であるらしい、ということに気づく。

「わたしは……、確かスティルスノウに戻る途中で……」

全身から鈍い痛みが、じわりじわりと染み出してくるような感覚を覚える。軽い打ち身のようだった。オフィーリアは額を押さえ、自らの身に降りかかったことを正確に思い出していた。

「そう、確か落ちたんだわ。足を、踏み外して……」

雪道での移動中、吹雪も起きていた。オフィーリアは自らの迂闊《うかつ》さを呪う。あの時の自分は気もそぞろだった。散漫な気持ちのまま、あれだけの猛吹雪を進むことがどれだけ危険であるか、旅の仲間の中でも、オフィーリアが一番知っているべきであったというのに。

しかし、ここで落ち込んでばかりもいられない。

気がかりが晴れたわけではない。それでも、今するべきことは生きて仲間たちと合流することだ。おそらく彼らはスティルスノウへと戻っている。心配をかけてしまっているだろう。すぐにでも戻りたいが、ここで、吹雪の中に身を投げ出すのは得策ではない。

オフィーリアが次におこなったのは現状の確認だ。

雪で視界がまったくさえぎられていた中、そこその高さから滑落し、街道脇へと転がり落ちたはずだ。それでも、大きな怪我《けが》を負ったわけではない。

まずは大事に至らなかったこと、自らに聖火の加護があったことを感謝し、オフィーリアはもう一度周囲を見回す。感謝を捧《ささ》げるべき相手は、聖火神エルフリックに加えて、もう一人、いるはずだった。

「わたしをここに運んでくれた、誰かが……」

オフィーリアが投げ出されたのは雪の上だ。そうでなければ、怪我が打ち身程度で済んだはずがない。しかし、そのまま雪の上で吹雪にさらされていれば、体温はあっという間に奪われていただろう。オフィーリアが低体温症や凍傷などを引き起こしていないのは、今、こうしてどこかの洞窟の中にいるからだ。

洞窟へと運んでくれた恩人の姿を探すオフィーリアの視界に、のそりと、大きな影が揺らめいた。明らかに人の形をなしていないそれに、緊張の糸がピンと張る。

フロストランド北方に生息する魔獣ホワイトレオパルドの話は、養父からよく聞かされていた。それが、スティルスノウから白き森へと向かう道中に多く棲《す》んでいることも。おとぎ話の中にも語られる恐ろしい魔獣を、幼いオフィーリアはずいぶんと恐れたものだ。

幸いにして、杖《つえ》はそう離れていない場所に落ちていた。

オフィーリアは顔を引き締め、凛《りん》とした表情で杖を手に取る。一気に飛びかかられないよう、魔獣の影との距離を維持しながら、少しずつ、後ろへと下がって行く。

「グルル……」

「……!」

魔獣の低い唸り声。物陰から姿を見せた、白い獣の全貌を、オフィーリアは目の当《ま》たりにし、そして思わず、目を丸くした。

「え、あ、あなたは……！」

「グルルル……」

「り、リンデ……!?　リンデ、あなたなの……!?」

まったく予想だにしていなかった相手の登場に、オフィーリアは驚きを隠せなかった。

リンデ。雪豹のリンデだ。旅仲間のハンイットが、相棒として引き連れている魔獣。その姿はホワイトレオパルドにも似てはいるが、耳の形状などにわずかな違いが見られる。何より、今オフィーリアの目の前に現れたその獣は、首のあたりに革袋をくくりつけられており、その革袋にはハンイットが自分の持ち物へ刻んでいる小さなサインを見つけることができた。

オフィーリアは安堵《あんど》と同時に理解する。自分をこの場に運んでくれたのはリンデなのだ。

「リンデ！」

リンデだって間違いなく旅の仲間の一員だ。再会できた喜びと安心感から、オフィーリアは傍へ駆け寄り、その首のあたりに抱き着く。ふかふかの体毛から体温が伝わってきて、それがことさらに彼女を安心させた。

「ありがとうございます。おかげで助かりました……！」

「グゥ……」

リンデは小さく喉を鳴らす。

オフィーリアは雪豹の言葉までわかるわけではないが、その音が不機嫌なものでないことくらいは感じ取れる。次に首に括りつけられた革袋を外し、その中を検《あらた》めた。

中には、いくらかの食料や酒、火を起こす道具などが入っている。

「ならば、これはハンイットさんが用意してくれたんですね……」

「……」

ハンイットの名前を聞いて、こちらが何を言っているのか察したのだろう。リンデはわずかに、頷くようなジェスチャーをした。

賢い子だわ、とオフィーリアは思う。

こうしてリンデと一対一でコミュニケーションを取る機会などなかったが、実際、間近で接してみると、その一挙手一投足にきちんと意味があるのだろうということがわかる。

「あなたとハンイットさんに感謝です」

心に余裕の出てきたオフィーリアはにこりと笑い、それから、革袋にしまわれていた火打石を手に取った。薪がない、と思いきや、どうやらオフィーリアが気を失っている間に、リンデは乾いた小枝などを集めてくれていたらしく、火はすぐに起こすことができた。

吹雪が止むのがいつになるかはわからないが、これでしばらく持つだろう。この、ほんのわずかな食料が尽きる前に、動くことは考えなければいけないが。

「……リンデ、あなた、お腹はすいてない？」

「ガゥ」

「うーん……。どっちなのかしら」

オフィーリアは曖昧《あいまい》な笑みを浮かべてしまう。

そもそもリンデがこちらの言葉を理解しているのかどうかも、わからない。

ハンイットは、常にリンデとコミュニケーションが取れている。ハンイットの指示をリンデは理解するし、リンデの意思を、ハンイットは正確に汲み取る。ただ、それは雪豹が人間の言葉をすべて理解しているという意味ではない。

あのコミュニケーションは、ハンイットとリンデの間だから成立している。

互いに口にする言葉が違っても、人間と雪豹という種族の壁を越えて、二人はきちんとわかりあっているのだ。そう思うと、ちょっと羨ましく思う気持ちもある。

とは言えだ。別にリンデはこちらを嫌っているわけではないだろう。真横に臥《ふ》せる雪豹を眺めながら、オフィーリアは思った。

確か、スティルスノウについた直後だ。子供たちに撫《な》でられているリンデを見て、ハンイットと幾らか言葉をかわした。実を言うと、初めて見た時から、柔らかくて暖かそうなその毛並みに触れたくて仕方がなかったのだ。ただ、てっきりリンデは、ハンイットにしか心を許していないと思っていたから、ずっと我慢していた。

リンデは撫でられるのも嫌いではないらしい、とハンイットの口から聞いたときは、驚いたものである。そのあと、オフィーリアはリンデを好きなだけ撫でまわした。

そして今回も、

「あなたの白い毛皮は本当に綺麗《きれい》ね。毛並みが自慢だというのもわかります」

そう言って、オフィーリアは、リンデの喉元をくすぐるように撫でる。大きな雪豹は、気持ちよさそうに目をつぶって喉を鳴らした。オフィーリアの言葉をどこまで理解できたかはわからないが、どこか誇らしげに見えた。

それから、オフィーリアは柔らかくて暖かいリンデの毛並みに指を這《は》わせたまま、しばらくの時間を過ごす。

こうして、焚火《たきび》の前でじっと過ごしていると、不思議と気持ちが落ち着いてくる。

本当のことを言えば、ここでのんびりしている時間など、オフィーリアにはない。できることなら早くウィスパーミルへと向かい、姉妹同然に育った幼馴染《おさなな じみ》の真意を確かめたいという気持ちがあった。

スティルスノウへの帰り道で足を滑らせたのも、元をただせばその気持ちがはやり、意識が散漫になっていたためだ。

しかし、事ここに及べば、焦って事態が好転することもない。その状況が、かえってオフィーリアを冷静にさせていた。

「こうして、あなたと二人でじっとしているなんてこと、ありませんでしたけど」

オフィーリアは、リンデを撫でまわしながら呟《つぶや》く。

「わたしも、あなたと同じフロストランド地方で育ったんです。こうして寒い夜に焚いた火を眺めていると、フレイムグレースにいた頃を思い出します」

「……………」

ひょい、と頭をあげて、リンデはオフィーリアを見る。

「ああ、もちろんリンデは焚火なんてしなかったでしょうけど。でも、白い雪が積もっているのを見ると、思い出したりするでしょう？」

通じているのかいないのか、わからないまま問いかけを続ける。

オフィーリアの生まれはリバーランドだが、五歳のときにヨーセフに引き取られ、以降、フロストランドで育った。一年中銀雪に包まれたフレイムグレースの街並みは、彼女にとっては間違いなく『故郷』だ。

リンデもフロストランドの出身だというのは、ハンイットから聞いたことがある。この白い毛並みを持つ魔獣が他の地方に生息しているとは考えづらいから、さもありなんといったところではあるが。

「あなたとハンイットさんはどうやって出会ったのかしら。ハンイットさんのお師匠さまのところで、兄弟みたいに育てられて……。ふふ、まるでわたしとリアナみたい」

頭を撫でながら微笑むオフィーリアを、リンデは視線だけで見上げている。

なんとはなしに口にした言葉だったが、彼女はもう一度『本当にそうだわ』と呟いた。

戦災孤児だったオフィーリアを、フレイムグレースのヨーセフが引き取り、ヨーセフは彼女を家族同然に育ててくれた。同じように、ハンイットにとっては師匠のザンターが父のような存在で、そしてオフィーリアの傍にはリアナが、ハンイットの傍にはリンデがいたのだ。

そう考えると、リンデと一緒に旅ができるハンイットが、少しだけ羨ましい。

リンデの頭を撫で続けていると、耳がピクリと動くのを、オフィーリアは見た。

「どうしました、リンデ？」

「ガゥ」

雪豹が短く鳴いて、身体を起こす。その鳴き声が警戒するようなものではないことは、オフィーリアにも理解できた。リンデの視線は洞窟の入り口の方に向き、自然、彼女も同じようにそちらを見る。

「オフィーリア！　リンデ！　いるのか！」

大きな声と共に、吹雪の向こうから大きな声が聞こえてくる。

「ガウ！」

リンデが返事をするように鳴き声をあげ、オフィーリアも感嘆と共にその名を呼んだ。

「ハンイットさん！」

防寒用の毛皮を雪まみれにしたその女性は、洞窟の中へと入ってくると、口元を覆っていた布を下げて柔らかい笑みを浮かべた。

「あなたが無事で良かったよ、オフィーリア」

リンデの残したわずかな痕跡を追って、ハンイットはこの洞窟に辿り着いたという。彼女の狩人としての実力は疑ってもいなかったが、その話を聞いて、オフィーリアは改めて舌を巻いた。

なにしろこの吹雪だ。痕跡を見つけるのも苦労するだろうし、それを追って進むのだってままならない。雪国の恐ろしさを、オフィーリアはよく知っているつもりだ。

「ありがとうございます。ハンイットさん」

改めて頭を下げるオフィーリアに、ハンイットはかぶりを振った。

「お互いさまだ。わたしだって、あなたにここまで付き合わせてしまったが、そのことを感謝もしている」

「え……？」

思わず尋ね返すと、ハンイットは焚火の上に小さな鍋《なべ》をかけながら、じっと火を見つめていた。

鍋の中には彼女の持ってきた食材が入っていて、雪を溶かしながらスープを作っている。ハンイットは小さなおたまでそれをかき混ぜ、ぽつり、ぽつりと言葉を繋《つな》いだ。

「スティルスノウに用があったのはわたしだ。あなただって、幼馴染のことが気になっているだろうに。それでも、あなたはわたしに力を貸してくれた。白き森のドラゴンと戦ったときも、オフィーリアがいなければどうなっていたか」

「そんな……」

オフィーリアは少し目を逸らす。

「わたし、そんなに態度に出ていましたか……？」

「ちょっとしたことでもわかるさ。旅の仲間なのだから」

そう言って、ハンイットはちらりと、焚火の横に臥せったリンデを見る。

「リンデも心配していたぞ」

「えっ、り、リンデも⁉」

まさか、雪豹にまで心配されるほどだったというのか。急に恥ずかしくなるオフィーリア。しかしハンイットは、相棒の頭を撫でながら笑った。

「ああ。スティルスノウで撫でられた時、指先からわずかに迷いを感じたと」

「そ、そんなこともわかるんですか……⁉　リンデは……？」

「あなたが滑落したとき、真っ先に動いたのも心配していたからだ。それから、毛並みを褒めてくれたのが嬉しかった、そうだ」

そこまで言うと、リンデは上体を起こし、少しだけ不機嫌そうにハンイットに軽めのパンチを放つ。みなまで言うな、と言わんばかりの反応だった。ハンイットは『すまない』と相棒をあしらってから、持ってきた木製の器に、スープをよそう。

「簡単な食事にしよう。大きな怪我がないようで何よりだが、まずは身体を内側から温めた方が良い」

「は、はい。ありがとうございます」

湯気の立ち上る器を受け取り、オフィーリアはそれをそっと口元へ運ぶ。

塩気の効いた、干し肉と豆のスープだ。身体の中からじんわりと温かくなっていくのがわかる。簡素な材料しか使っていないはずだが、飽きのこない味だった。

「美味《おい》しい……」

オフィーリアはぽつりと呟く。

「ハンイットさん、お料理も上手ですよね」

「それは良かっ……うん？」

急な言葉に、思わず返事を迷うハンイット。彼女は自分の分をよそい、それからリンデに持ってきた干し肉を与えてから、少し頬《ほお》を掻《か》いた。

「まあ、師匠は料理をしないからな……。最初は交代制だったんだが、あまりにも手を抜くのでわたしの担当になってしまった。今にして思えば、してやられたような気もするが」

「そうなんですか？」

「……ああ」

彼女はやけに苦々しい顔を作る。スープに口をつけてから、話を続ける。

「森に入れば、食事は自給自足だ。限られた材料で、凝ったものを作りたくもなる。師匠

だって似たようなことを考えたことはあるはずなんだ」

であれば、彼女の師であるザンターも、料理はそれなりにできるはずである。

師匠は意図的に手を抜いて、体よく当番をわたしに押し付けたんだろう、と、ハンイットは締めくくった。

「リンデはどう思うんですか？」

オフィーリアが尋ねると、雪豹は臥せったまま片目を開け、こちらの方を見た。

「ガウ」

「こいつ」

リンデの反応に、ハンイットはさらに渋面を作る。

「ハンイットさん、リンデはなんて？」

「自分には直接関係ないからどうでもいい、だそうだ。それから……」

「それから？」

ハンイットは心底言いたくなさそうな顔をしている。ならば聞かない方が良いかしら、とオフィーリアは思ったが、リンデは『言えよ』と言わんばかりに前足でハンイットを小突く。

「師匠が料理の味を褒めると、わたしが満更《まんざら》でもなさそうだから、いいだろうと。こいつ、そんな風に見えていたのか……?」

相棒に睨《にら》まれたところで、リンデは澄ました顔で臥せり、目を閉じるだけだ。

本当に兄弟みたいなやり取りだな、とオフィーリアは思った。気心の知れた関係、というのだろう。ザンターと、ハンイットと、リンデ。それからザンターの相棒であるダイアーウルフのハーゲンを加えた彼らの関係が、オフィーリアには見えるようだ。

「リンデには、わたしの言葉はわかるんですか?」

ふと気になって、オフィーリアは尋ねてみた。

「完全に理解できているわけではないが、ニュアンスは伝わっている。オフィーリアだって、リンデの機嫌が良いか悪いかくらいはわかるだろう? それと同じだな」

ならば、ハンイットが来る前に交わした言葉も、まったく通じていなかったわけではないのか。

目の前の狩人が言うには、魔獣は他の動物に比べれば格段に知能が高く、寿命も長い。仕事柄様々な魔獣を手なずけている身として、彼らにも感情があり、知性があることは常々感じるのだという。

リンデのように長年連れ添っている相手なら、幾つかの単語も覚えている。

「人名や個体名などは特にな。一緒に旅を続けている仲間たちの名前は、きちんと単語として理解しているよ」

「へえ……！　そうなんですね！　わたしも、ですか？」

「もちろんだ。あなたの名前がオフィーリアだということはわかっているし。自分と同じ雪国育ちだということも理解している」

「ガウ」

ハンイットは、リンデの補足を聞いて、楽しそうに付け加える。

「それから、自分の毛並みをずいぶん気に入ってくれた、見る目のある人間の女性だと」

「ふふ、光栄です」

これもわかっていたことだが、やはり賢い雪豹だ。自分のことをどう思っているのかを聞けて、オフィーリアは嬉しくなった。リンデもまた、一緒に旅をする仲間の一員であることを、改めて理解する。

そんな話をしていると、また、リンデの耳がぴくりと動くのに気づいた。

雪豹は身体を起こし、また何度か耳をぴくぴくと動かして、洞窟の奥へと視線を向ける。

ハンイットも相棒の様子に気づいて、すぐさま、壁にかけていた弓を手に取った。

「奥の方に何かいるらしい」

毛をわずかに逆立て、気を張るリンデの様子を見て、ハンイットがそう呟く。

「魔物……ですか？」

「ああ、おそらくな」

その言葉に、オフィーリアも自らの杖を取ろうとする。しかし、それを制したのは、意外なことに毛を逆立てた雪豹だった。

「リンデ……？」

「ガウ」

驚いたオフィーリアに、リンデは短く吼《ほ》える。すると、ハンイットは破顔した。

「あなたにはまだ座っていろ、だそうだ。危険なものかどうかは自分で見てくると」

「え、でも……」

「いいから、そいつの言う通りにしてやってくれないか。リンデなりの気遣いというものだ。まだ体力が戻っていないだろうからと」

ハンイットはそう言って、弓を置く。片膝をついて、リンデの首のあたりを撫でながら、相棒に言葉をかける。

「そうだな。ではわたしも、しばらくオフィーリアと一緒にここにいよう。何かあったらすぐに知らせてくれ」

「ガウ」

短く吼え、リンデはこちらに背を向けると、洞窟の奥へと駆け出そうとする。オフィーリアは、その美しい毛並みに後ろから声をかけた。

「待って、リンデ！」

「……？」

リンデはいったん足を止め、こちらを振り向く。オフィーリアは杖を置いたまま駆け寄ると、しゃがみこんで、雪豹と目を合わせながら静かに祈りを捧げた。

「あなたにも、聖火の加護がありますように」

「………」

不思議そうに、首を傾《かし》げるリンデ。

神への祈りは、もしかしたら魔物には馴染みのない文化かもしれない。目の前の神官の、理解できない行動に少し戸惑いながらも、小さく身体を下げ、会釈のようなしぐさをすると、今度こそオフィーリアたちに背を向け、洞窟の奥へと駆けだして行った。

「魔獣のために祈ってくれた神官は、あなたが初めてだ」

焚火の前に戻ると、ハンイットがそう言う。

「リンデには余計なことだったかもしれませんが……。それでも、この祈りが無駄なことだとはわたしは思いませんから」

「いや、あなたの言う通りだ。わたしたちにも、リンデにも馴染みの薄い文化ではあるが、少なくともあいつを気遣うあなたの気持ちは伝わっただろう」

「はい」

にこりと微笑《ほほえ》んで、再び焚火の前に腰を下ろす。そんな彼女を見て、ハンイットは少し眩《まぶ》しそうに目を細めた。

「オフィーリアは強い人だな」

「え、そうで、しょうか……？」

「ああ。強いし、立派な人だと思うよ」

いきなり褒められて、困惑するオフィーリア。ハンイットはすぐにその意味を語る。

「意地悪を言っているように聞こえたら申し訳ない。ゴールドショアであったことを思い出していたんだ。聖火の教えを信じず、儀式を邪魔しようとした連中がいただろう。そしてその中には、その……」

少しだけ歯切れが悪くなりながら、ハンイットは静かに焚火の炎を見つめている。

「あなたの、幼馴染もいた」

きゅっ、と心が締め付けられるような感覚が、オフィーリアを包む。

ハンイットの言う通り、式年奉火《しきねんほうか》の儀式は、ほかならぬリアナの手によって阻まれた。

ヨーセフ大司教の娘であり、オフィーリアとは姉妹同然に育ったリアナによってだ。彼女は種火を奪い、そしてウィスパーミルへと向かったらしい。

それだけではない。リアナから告げられた、ヨーセフ大司教の死。

スティルスノウに向かう途中、フレイムグレースに立ち寄る機会があった。それまでオフィーリアは、信じることさえできなかった。立て続けに降りかかった出来事が、彼女自身の心を苛《さいな》んだのは間違いない。そして、それは結果として彼女自身の不注意を招き、現状へと繋がっている。

リアナが種火を盗んだのは、ヨーセフを生き返らせるためだ。

そんなことが実際に可能であるのかどうかは、わからない。

だが少なくとも、リアナはそう信じ切っていて、彼女の背後には、その情報を吹きこんだ者がいる。

「わたしには、少しわかってしまうんだ。わたしも、石にされた師匠を助けるために旅を続けているから。だからその、同じ境遇でも、聖火の教えを信じ続けられるあなたのことを強いと、そう感じたんだ」

まだ少し、ハンイットの言葉は歯切れが悪い。

彼女が言葉を選んでいるのは、オフィーリアにも理解できた。気を遣って、決定的な言葉を口にすることを避けているのだ。だが、言わんとしていることはわかる。

ゴールドショアで儀式の邪魔をした人々は、こう言っていた。

――しょせんはまやかしの炎。

――祈っても奇跡なぞ起こらない。

――あなたのお父さまの死を前に、教会は何をしてくれましたか？

そして次いで思い出されるのは、レオニール商会のマティアスの言葉だ。

――神は、本当にいらっしゃるのか。

ハンイットが口にしなかった言葉は、それに類するものだろう。

彼女自身が、聖火の教えに異を唱えているのではない。オフィーリアがその身に降りかかった様々な出来事を経てなお、素直な気持ちで『聖火の加護』という言葉を口にできた事実そのものを指して、『強い』と言ったのだ。

「そう言えば、考えたこともありませんでした」

オフィーリアはくすりと微笑む。

確かに、あのときリンデにかけた言葉――無事を聖火神エルフリックに祈った時の、自分自身の心に、迷いや猜疑《さいぎ》というものは一切なかったように思う。

「では、信じているのか？　祈りが届けば、奇跡は起きると……」

「そうではない、と思います」

ハンイットの言葉に、オフィーリアははっきりと答える。

「わたしはきっと、奇跡をねだって祈ったわけではありません。さっき、リンデにかけた言葉だってそうです。わたしは、聖火の教えを信じていますが、信仰が奇跡を呼ぶかどうかなんて、わかりませんから」

「では、なぜだ？」

「たぶん、さっきハンイットさんが言ってくれた通りですよ」

「わたしが……？」

不思議そうに首を傾げるハンイット。オフィーリアは小さく頷いた。

リンデの無事を聖火の神に祈った時、リンデも、ハンイットも、馴染みない文化ながらそれを拒否したりはしなかった。オフィーリアが捧げた祈りを眺めて、ハンイットはこう言った。『あいつを気遣うあなたの気持ちは伝わった』と。

「祈りとは、人々のささやかな願いのことなんです。『こうであったら良いな』という。その気持ちが、本当に聖火神に届くのかどうかは、未熟なわたしにはわかりません。でも、そのささやかな願いを叶《かな》えるために、人々は前に進もうとします。そうやって前に進もうとした時に、背中を支えてくれるのが『聖火の加護』なのかもしれません」

人は、支えがない時に、前に進むことを恐れるものですから、とオフィーリアは言った。本当は、前に進めば結果が得られることは往々にしてある。そうして前に進むためのささやかな勇気を得るために、祈りは必要なのだと。

「やはりあなたは強い人だな」

ハンイットは静かに呟いた。

「そうですか？　ハンイットさんだって、ザンターさんの教えを大事にしているでしょう？　たぶん、同じことなんだと思います」

「それは……そう、だな。確かに、そうかもしれん」

一瞬、虚をつかれたような表情をしながらも、ハンイットは柔らかい笑みを浮かべる。

ハンイットに話したことで、オフィーリアも少し、胸のつかえがとれたような気持ちになった。

「必ずウィスパーミルで、リアナを助け出そう」

「はい」

オフィーリアは頷き、それからこうも続ける。

「ザンターさんのことも、必ず助けましょう。あなたのお師匠様は、まだ生きていらっしゃるのですから」

「……ああ」

ハンイットも、力強く頷く。

洞窟の奥から、激しい獣の唸り声が響いてきたのは、それから間もなくだった。ハンイットが真っ先に弓を取り、立ち上がる。ちらりと、オフィーリアの方を見てきたので、彼女も杖を握りしめて頷いた。

おそらくは、リンデの合図だ。なんらかの魔獣がおり、戦闘態勢に入ったことを表す。リンデはここにいろと言ってくれたが、危険があるのであれば、まんじりとしているわけにもいかない。

「急ぎましょう、ハンイットさん！」

「わかった……！」

二人はすぐさま、洞窟の奥へと向けて駆け出した。

奥で待ち構えていたのは、リザードマンの群れだ。この雪原においては、比較的ポピュラーな亜人種である。この大陸において、亜人種は中央から離れるほどに大型化していく傾向が確認されているが、雪原に生息する彼らもその例に漏れない。

槍《やり》を手にしたリザードマンが、リンデを取り囲んで数体。リンデは態勢を低くしながら、唸り声をあげている。

「ハンイットさん……！」

オフィーリアが声をひそめながら、言う。

「急がないと……！」

「静かに……。まだ大丈夫だ」

ハンイットとオフィーリアは、岩陰に隠れながら様子を窺《うかが》っていた。ハンイットは弓に矢をつがえながら、じっとしている。

おそらくリンデは既にこちらに気づいている。合図を送れば、波状攻撃を仕掛けられるだろう。だが状況が動けば、おそらくリザードマンたちは一斉にリンデへと襲い掛かる。

現状はまだ、リンデの威嚇が効いている。リザードマンはじりじりと距離を取っている状態だ。

「できれば連中の気を逸らしたいが……」

「あ、あの。じゃあ、わたしが、囮《おとり》になりましょうか？」

「あなたが……？」

突然の申し出に、ハンイットは少し困惑する。

いや、手段としてはまっとうなのだが、オフィーリアと囮という役割があまりにもかけ離れているように思えたので、つい聞き返してしまったのだ。何かしら作戦を練るにしても、こういう役割を任せるのは、テリオンかオルベリクだった。

旅慣れてたくましくなったとは言え、オフィーリア自身は屈強な戦士というわけではないし、ましてや、少し前まで雪の中で気を失っていた。体力が戻っていると確証も得られないし、あまり危険に晒《さら》したくないというのが本音ではある、が。

「みんなで無事にこの場をくぐり抜けたいのは、わたしも一緒です」

オフィーリアは、杖を握りしめてそう言う。

「……そうだった」

この人は強い人だった。ハンイットが独り言のように呟いた。

あまり過保護になってもいけない。彼女は旅の共で、一緒に戦う仲間だ。彼女の幼馴染を救い出すと約束し、それから、ハンイットの師匠を助けると約束した。

「では、一瞬で良い。隙を作って欲しい。連中の槍があなたに届く前に、わたしとリンデがなんとかする」

「はい」

力強く頷くオフィーリア。

彼女は身をかがめたまま、そろそろと岩陰から出て、通路を横切ろうとする。リンデを取り囲んでいるリザードマンの内の一体が、それを目ざとく見つけた。

「ギャギィッ！　ギィッ！」

「ギャゥッ！」

騒ぎ立てるリザードマン。オフィーリアは杖を支えに素早く立ち上がり、連中の方を振り向く。柔和な顔立ちを凛と引き締め、杖を長物のように構えた。

しかしこれに一番驚いたのはリンデのようで、何やら批難がましい視線を、ハンイットの隠れている岩場に一瞬だけ向ける。

そう言うな。彼女の希望なんだ。

ハンイットは心の中でそう呟いてから、状況を窺う。リザードマンたちが動きだす前に、オフィーリアは呪文の詠唱を始めていた。それに気づけば、ハンイットもすぐに相棒に向けて合図を送る。

『目を瞑《つぶ》って伏せろ』

直後、オフィーリアは杖を掲げ、高らかに叫んだ。

「《聖火の光よ‼》」

洞窟内部でありながら、眩《まばゆ》い光が一瞬で広がる。オフィーリアに近づこうとしていた一体が特に大きな悲鳴をあげた。不浄なる者を焼き払う聖火神の光は、この狭く薄暗い洞窟の中では、目くらましとしても機能した。

「行くぞ、リンデ！」

「ガゥ！」

一瞬の光が晴れると同時に、ハンイットとリンデは動く。

つがえた複数の矢を、天井《てんじょう》に向けて放つ。矢は山なりの軌道を描いて、まるで土砂降りの雨のように、リザードマンたちの頭上へと降り注いだ。突然の閃光《せんこう》に戸惑う彼らは、そのまま矢の雨へとさらされる。

リンデは、そうした矢ひとつひとつの軌道がわかりきっているかのように、するりすると間を抜け、混乱するリザードマンへと飛びかかった。爪を突き立て、牙を抉《えぐ》りこませる。まるで鞭《むち》のようにしなる長い尾は、ピンとまっすぐに伸びて、背後の一体を串刺しにした。

残るはリザードマン四体。槍を取り落とした個体が、手近なハンイットに迫る。間合いを詰められたハンイットは、弓からハチェットへ得物を持ち替え、背後に軽く飛んだ。

シ・ワルキの狩人に伝わる呪《まじな》いを唱えると、空気がバチッと弾《はじ》け、電光が閃《ひらめ》く。わずかに怯《ひる》んだリザードマンの足元を、粘着性の糸で絡めとり、その動きを封じ込めた。狼狽《ろうばい》する相手の脳天めがけて、ハンイットはハチェットを振り下ろす。

これで残り三体！

その三体は、既にこちらを離れていた。進行方向にはオフィーリアがいる。

「リンデ！」

ハンイットが叫ぶ。相棒の雪豹は、目にもとまらぬ速さで駆けた。しかしそれでも、一度に倒せるのは一体が限度。ハンイットは弓に矢をつがえる。これでもう一体狙うとして、どうしても一体取りこぼしてしまう。

しかしオフィーリアの目に怯《おび》えはなく。彼女はただ静かに杖を握り、そしてそれを祈るように掲げた。

「《聖火神エルフリックよ……》」

その時、ハンイットの脳裏によみがえるのは、オフィーリア自身の言葉だ。

彼女は決して、奇跡を起こしたくてその神の名を呼ぶのではないと言った。

祈りは願いで、人の背中を押すためのささやかな勇気を絞りだすためのものだと。

しかし、もしかしたら、そうして人々の心を奮い立たせることのできる、ささやかな勇気のことこそを、時に人は〝奇跡〟と呼ぶのではないだろうか。

そう思うハンイットの目の前で、オフィーリアは淡い光に包まれる。彼女が大事に運んでいた、式年奉火の種火の色に、よく似ていた。外と遮断されているはずの洞窟内に、風が巻き起こるかのような感覚がある。

「どうか、彼《か》の者たちに導きを！」

オフィーリアが目を見開く瞬間、輝きが放たれる。

ハンイットの身体に、力が漲《みなぎ》った。どういった原理で、どういった理由によるものかはまったくわからないが、オフィーリアの口にした言葉と無縁ではないだろう。今、彼女の身体に芽生えた力は、間違いなく、《聖火神エルフリックの導き》によるものだと。

かつてないほどの速さで、ハンイットは弓を射る。

狙いすました一撃が、一体のリザードマンを屠《ほふ》る。同時に、リンデの牙がもう一体を打ち倒している。

ハンイットは止まらず、もう一本の矢をつがえた。着地したリンデが、同様に身をひるがえしてリザードマンへと飛びかかる。同時に、二発目の矢が、ハンイットの弓から放たれた。

最後の一体を穿《うが》ったのは、ハンイットの矢とリンデの尾だ。

「ガッ……！」

短い断末魔をあげ、口から血を吐くリザードマン。槍を身のささえにしてよろよろと歩き、それから、洞窟の冷たい床に倒れ伏す。

「オフィーリア！」

「ガウ！」

ハンイットとリンデは、同時に駆け寄っていた。

「怪我はないか！」

「ええ、わたしは大丈夫です」

彼女が薄く微笑んで、ハンイットたちもようやく安堵する。本当に何もなさそうだ。

終わったか、と思ったものの、どうやら彼女にとっては『これから』らしい。オフィーリアは、目の前で倒れ伏したリザードマンの骸《むくろ》に、そっとしゃがみこんだ。開かれた瞼《まぶた》を閉じさせ、彼女は祈りを捧げる。

「どうか、聖火の灯火が、彼らの魂に平穏を与えますように……」

ハンイットは、リンデと目配せをしあって、頷いた。

前にも、こんなことがあった。確か、オルベリクの用事のために、サンランド地方に赴いた時のことだ。オフィーリアは、街を荒らしていた魔物の群れを討伐した後、同じように、その魂の冥福を祈っていた。

あの時も、リザードマンだった。

ハンイットは感心したものだ。彼女の神官としての在り方は、形こそ違えど、すべての生命を平等に扱う狩人の理想像と変わらない。

魔物にとって、神への祈りがどれほどの意味を持つかわからないとしても。ただそれが〝生命〟であるというだけで、平等に祈りを捧げられるオフィーリアは、やはり立派だ。

そうか。

ふと、納得した。ハンイットは、自らの真横で小さく座り込むリンデの頭を撫でてやりながら思う。

「だから、おまえも彼女が好きなんだな」

「ガウ」

砂漠のリザードマンたちに祈りを捧げるオフィーリアの姿は、同じ魔獣である相棒の目にはどう映ったのだろうか。聞くだけ野暮《やぼ》かもしれない。

「お待たせしました、ハンイットさん」

祈りを終えたオフィーリアがこちらに戻ってくる。

「ああ」

頷くハンイット。

あのリザードマンたちも、いずれは洞窟の内部に入ってきたこちらに気づき、どのみち交戦は避けられなかっただろう。彼らは人を襲うことに躊躇《ちゅうちょ》を持たない。

ただそれでも、好き好んで殺したかったわけではない。倒した相手には敬意を払い、使えるものは使わせてもらうのが、狩人なりの弔い方だ。今回で言えば、彼らの住居、ということになる。

そしてオフィーリアは、神官なりの弔い方で彼らの冥福を祈った。

「ありがとう、オフィーリア。彼らのために祈ってくれて」

「いいえ」

ハンイットの言葉に、オフィーリアはにこりと笑う。

祈りは願い。いい言葉だ。もしも自分が、柄にもなく聖火の神に何かを祈るようなことがあれば、その時は、彼女の言葉を胸に刻んでおきたいと思う。

それからしばらく、洞窟の入り口付近で、焚火をしながら過ごした。

持ってきた毛布をかぶり、リンデの温かい毛皮に身を寄せるようにしながら、ハンイットとオフィーリアは交互に仮眠を取った。一晩明けるころには吹雪もすっかり止んでいて、青空から照り付ける日の光を、銀雪が反射してまばゆい景色が広がっていた。

「おぉーい！」

「ハンイットさーん！　オフィーリアさーん！」

白い世界の向こうから、誰かの声が聞こえてくる。旅の中ですっかり聞きなれた、仲間たちの声だ。その声を聞いて、仮眠中のオフィーリアも目を覚ます。

「この声……」

「どうやら向こうから来てくれたようだな」

「ああ、良かった……」

やがて、仲間たちを乗せた雪上馬車がこちらへと向かってくるのが見えた。御者台《ぎょしゃだい》に座っているのは、占い師スサンナのところの従者アレークだ。こちらの無事を確認するや、その強面《こわもて》に露骨な安堵を張りつけていた。

馬車からはトレサやアーフェンが顔を出していて、こちらに大きく手を振っている。

オフィーリアも、笑顔でそれに手を振り返している。

そんな彼女をちらりと横目に見て、ハンイットは切り出した。

「今更になって聞くのもなんだが、もう大丈夫か。オフィーリア」

「えっ？」

一瞬、虚をつかれたようにきょとんとするオフィーリア。しかしすぐに、何を言われたのかわかったのだろう。彼女はすぐに頷いた。

「はい。ハンイットさんにもリンデにも、ご心配をおかけしました」

リアナのことだ。彼女はその件でずっと悩んでいた。最終的には彼女自身の問題とはいえ、何も手助けをしてやれないのは、ハンイットとしても少しもどかしかったのだ。

「本当は、全部の悩みが解決したわけじゃないんです。わたしは、リアナがあそこまで追い詰められるなんて思っていなかった。彼女の気持ちをわかってあげられなかったことを、今でも悔やんでいます」

オフィーリアが、静かに語るのを、ハンイットは黙って聞いている。

「ハンイットさんとリンデの関係を、少し羨ましく思ったりもしましたけど」

「違う言語なのに、通じ合っているから、か？」

「ええ」

そう言って微笑むオフィーリア。

「でも、吹雪の夜を一緒に過ごしてみて、ちゃんとわかりました。ハンイットさんとリンデの関係は、特別だけど、特別じゃない。通じ合っているけど、わからないこともある。わたしとリアナの関係と、何も変わらないんですよね」

「そうだよ」

ハンイットは頷く。

魔獣を使役するシ・ワルキの狩人は、ときおり外部の者にこう言われる。魔獣との間にそこまでの絆《きずな》、信頼関係を築けるのは羨ましいと。しかし彼らは得てして、種族の壁を越えて芽生えた絆を特別なものと勘違いしがちだ。

ハンイットとリンデの間には、絆もあるし信頼関係もある。だが、あるだけだ。気持ちや意思というものは、伝えようとしなければ伝わらない。オフィーリアの言葉を借りれば、『特別だけど、特別じゃない』。その絆は、人間と結ぶものと変わらないのだ。

オフィーリアとリアナの関係も、同じはずだ。

そう思って、ハンイットは少し考えを巡らせる。

リアナの気持ちが、ハンイットにはわかる。〝赤目〟に石にされたザンターを目の当たりにしたとき、どうにかして彼を助け出せないかと考えた。幸いにも、ザンターを助け出す手段はあり、ハンイットにはそれを成し遂げるための力があった。

しかしそのいずれもなかったら、自分はどうしていただろうか。

簡単に答えの出る問いではないだろう。

ひとつだけ言えるのは、もしそのふたつが無かったとしても、ハンイットにはリンデがいたということだ。石になった師匠を目の前にしたときでも、相棒がいたから冷静になれた。

あの時、自分がもう少し冷静さを欠いていたら、きっとリンデは自分を止めただろう。

ハンイットにリンデがいてくれたように、リアナにはオフィーリアが必要だ。

だから必ず、彼女を無事にウィスパーミルまで送り届ける。必要ならば、その後の助力だってしよう。

「だから、オフィーリア」

自然と、洞窟の中で交わした約束を、再び口にしていた。

「リアナのことは必ず助け出そう」

「はい、必ず」

ハンイットの言葉に、オフィーリアは改めて、力強く頷く。

「ガウ」

それまで黙っていたリンデが、小さく吼えた。それを聞いて、ハンイットは顔をしかめる。オフィーリアは、両者の顔を見比べて、小首を傾げた。

「リンデは、なんて言ったんですか？」

「いや、それが……」

ハンイットは面食らったまま、リンデを睨む。リンデは、『伝えろ』と言わんばかりに顎《あご》をしゃくり上げた。ハンイットは渋面《じゅうめん》を作ったまま、正直に説明する。

「『無鉄砲な姉妹分《きょうだい》を持つとお互い苦労するな』と……」

「まあ」

「リンデ、わたしが無鉄砲だと？　師匠に比べれば全然……」

ハンイットがぶつくさ言うのを、リンデは聞いていない。彼女の相棒はオフィーリアの方をじっと見つめていた。オフィーリアは小さく微笑んで、リンデと視線を合わせる。

「わたしは、リアナのことを『苦労』だと感じたことはありませんよ。あなただって、そうでしょう？」

「ガウ」

雪豹は小さく口元を吊《つ》り上げ、牙を剝《む》く。そうして、ぷいと顔を背けた。

リンデが小さく吼えてした返事の意味は、ハンイットを介さずとも伝わっただろう。オフィーリアは、その自慢の毛並みを撫でて、もう一度、優しく微笑んだ。

ダンスは演目のあとで

「プリムロゼ……!?」

オルベリクはその手に剣を握りながら、動揺を隠すことすらできずにいる。

彼の目の前に立っているのは、まさしくプリムロゼ・エゼルアート本人だ。これまで長らく旅を続けてきた、かけがえのない仲間の一人。その彼女が、オルベリクの前に立ち、微笑《ほほえ》んでいる。

「久しぶりね、調子はどうかしら?」

それだけなら、そう珍しくもない状況だったかもしれない。

だが、今回ばかりは時間も、場所も特殊だ。何より、微笑むプリムロゼの手には、一本の長細いサーベルがあった。そしてその切っ先は、間違いなく、オルベリクへと向けられているのだ。

「ど、どういうことだ? 何故、おまえがここに……!?」

その言葉を皆まで言わせず、プリムロゼは素早く床を蹴る。速度を乗せた刃の鋭いひと突きが放たれる。

動揺がオルベリクの動きを鈍らせることは、一切なかった。状況を理解できずとも、剣と剣のことであれば、鍛え抜かれた身体は常に最適解を導き出す。

カンッ、という小気味のよい音が響き、オルベリクは踊子の一撃を受け止めた。

懐に入り込むほどの距離。洗練された動作で肉薄してきたプリムロゼの姿は、微笑んだままオルベリクの目の前に在《あ》る。

「やるわね。さすがだわ」

「プリムロゼ、よせ。俺たちがこんなことをしている場合では……」

「これは罰よ、オルベリク。わたしたちを裏切ったあなたに対する、ね」

「な、何を言っている⁉」

彼女の言葉は、オルベリクの疑問に答えるどころか、よりいっそう、彼を混乱させる。

結局、何がどうなっているのか。なぜ、二人が剣を向かい合わせていたのか。プリムロゼの言葉の意味とはなんなのか。

それらを知るためにはまず、時計を数週間前に巻き戻す必要がある。


プリムロゼ・エゼルアートの旅は終わった。

自《みずか》らの信じる道を行き、信念を貫き、復讐《ふくしゅう》を遂げた。その道の先に摑《つか》んだものが何であったのか。あるいは、摑み取れたものすら何ひとつなかったのか。プリムロゼ本人にも、その答えは出ていない。

青く澄み渡る空の下、ノーブルコートの閑静な共同墓地で、父の墓前へと花を添える。

すべてが終わってなお、彼女の心にあいた穴が埋まることはなく、空の広さや街ののどかさとは裏腹に、プリムロゼの心はどこまでも空虚だった。

「……何も、無いわね」

宿屋の窓枠をその手で撫《な》でながら、呟《つぶや》く。

ガラスのすぐ外側には故郷の街並みが広がっているが、そこにプリムロゼ自身の居場所はない。その虚しさがつい口をついて出た言葉が、今のひとことだった。

「プリムロゼ……」

そんな彼女に、後ろから躊躇《ためら》いがちに声をかける人物が一人。

プリムロゼは、そこでようやくその人物の存在に気づいたかのように、振り返り、それから口元を緩やかに吊《つ》り上げた。くすり、と笑みがこぼれる。

「ごめんなさい、ハンイット。あなたにここまで付き合わせてしまって」

後ろから彼女をずっと見守るように立っていたのは、長い旅の同行者。その一人だ。女狩人のハンイットは、プリムロゼの見る限り決して不器用な人間ではなかったが、それでも今の彼女を前にどのような態度を取るか、決めあぐねているようだった。

仲間たちの旅は終わりに向かっている。当初の目的を最後まで貫こうとする者、旅の中で本当に目指すべき何かを見つけた者、あるいは、見つけ出そうとしている者。終着点はそれぞれだ。

その終着へと、既にたどり着いた者もいる。例えばプリムロゼがそうであるように。目的を遂げ、父への報告を望んだ彼女に、同行を申し出たのがハンイットだ。

「気にするな」

しばらくの沈黙があった後、ハンイットははっきりとそう言った。

「〝赤目〟を倒したあとも、旅を続けないかとあなたが提案したとき、わたしは嬉《うれ》しかった。だからこうして一緒に付いて来た。それだけだ」

「……覚えていてくれたのね」

サンランド地方の王都、マルサリムでの話だ。確かに、彼女と言葉を交わす中で、プリムロゼはそんなようなことを言った。思えばあの時点で、八人の旅が終着に近いという、はっきりとした予感があった。それを終わりにしたくなくて、そんなことを口走ったのだろう。少なくともそう思える程度には、プリムロゼにとって、この旅は居心地の良いものではあった。

「ありがとう。ええ、約束通り、もう少し旅を続けましょう」

そう言うと、そこでようやく、ハンイットの硬い表情にも笑みが差した。

「そうか……。良かった。あなたがそう言ってくれて嬉しいよ」

「ふふ。ひょっとして、ずっとそれを言うか悩んでいたの？」

「そういうわけではないが……。いや、そうだな。あなたにどう声をかければいいのか、わからなかったからな」

正直なことを言えば、心にあいた穴を埋める方法が、わかっているわけではない。

父への報告を済ませ、それですべてが終わったわけでもない。

例えば、レブロー男爵は、まだプリムロゼのことを案じてくれているだろう。ノーブルコートまで来ておきながら、彼のもとへ顔を出さないのも不義理であるようには感じた。それでも、今のまま男爵とどのような言葉を交わせばいいのか、わからないのも事実だ。

これから何を信じて生きていけば良いのか。

それを探すためにも、自分の脚で踊り続けると決めたのだ。

どうせ踊るのなら、気の知れた仲間の傍《そば》というのも、良いだろう。

「ねぇ、ハンイット。みんなは今、どこを旅しているのかしら」

プリムロゼは、ちらりとテーブルの上に置かれた便箋《びんせん》を見る。

どうやらハンイットが、仲間たちと小まめに手紙のやり取りをしているらしい、ということは知っていた。互いの居場所を知らせ合うためだ。おそらくハンイットは、プリムロゼが今後どうするつもりであったかにかかわらず、いずれまた仲間たちと合流するつもりだったのだろう。

彼らは今も、それぞれ目的を果たすための旅を、続けているはずだ。

「ああ、それなんだが……」

と、ここに来て、また急にハンイットの歯切れが悪くなる。小首を傾《かし》げるプリムロゼ。

「どうかしたの？」

女狩人は、少しだけ視線を宙に彷徨《さまよ》わせた後、ふう、と溜息をついた。

「いや、そうだな。はっきり言ってしまった方が良いだろう。今、彼らが向かっているのは、ハイランド地方」

そこで、言葉を区切るハンイット。そう言われて、プリムロゼは次に続く街の名前を察した。ハンイットが少しだけ言葉を濁そうとした理由もだ。

「演劇の街、エバーホルドだ」

「……そう」

プリムロゼにとっては、まだ記憶に新しい街だ。鮮烈に刻まれた悪夢が、生々しい残り香を漂わせる。じくり、と、完治したはずの傷痕がうずいた。

「どうする？」

　ハンイットは、気遣うように尋ねてくる。

「あなたの気が進まないというのなら、合流は別の街でするべきだと思う。彼らの用事もそう長くかかるものではないらしいからな」

「用事？　それは旅の目的とは関係がないの？」

「ああ。どうにも、こう、要領を得ない内容ではあるんだが」

　ハンイットはそう言って、テーブルに置かれた便箋を拾い上げた。プリムロゼも、横からちらりと覗《のぞ》き込む。綴《つづ》られているのはサイラスの文字で、簡潔かつ理路整然とした文章が並んでいるように見えた。

　サイラスの言葉で『要領を得ない』というのは、不思議な話だ。

「ハンイット？」

「ああ、すまない。いや、これに関しては読んだ方が早いだろうな。あなたに隠すような内容でもない」

　そう言って、ハンイットは便箋を差し出してきた。プリムロゼはおずおずとそれを受け取り、記述へと目を通す。

　そして、そこには、にわかに信じられないような内容が載っていた。

オルベリク・アイゼンバーグは悩んでいた。

過去、最大の難問にぶち当たっていたと言っても良い。

無論、オルベリクの人生において、壁と呼べるようなものは幾つもあった。その大半は、ホルンブルグ王国の騎士として軍役《ぐんえき》についていた頃のものだ。率いていた隊が、峻厳《しゅんげん》な峰の中腹において敵の挟撃《きょうげき》に遭い、身動きが取れなくなった時など、その最たるもののひとつであろう。

そうした壁を、オルベリクはこれまで、剣で解決してきた。彼の隣には、時に戦友エアハルトがいて、そして今であれば、頼りになる旅の仲間たちがいる。

オルベリクは生来不器用な男だ。剣で語ることこそが本分であった。

だからこそ、如何《いか》なる壁であれ、それが剣で解決できるものであれば、彼にとっては明快なものなのだ。

しかし今回に限っては、また少し違う。

「またずいぶんと難しい顔をしているね」

エバーホルドの宿屋で椅子《いす》に腰かけ、オルベリクは綴《と》じられた紙束を手に黙り込んでいる。そこに声をかけたのが、ランプの小さな灯《あか》りで読書を続けていたサイラスだ。

オルベリクは口元をへの字の結んだまま、かぶりを振る。

「当然だ。こんなこと、今まで挑戦したことがない。どうすれば良いのか、皆目見当《かいもく》もつかん」

「ふむ。まぁ、私たちの旅において、道中様々な人々の頼みごとを引き受ける、なんていうことは珍しくはなかったが……。確かに、今回は特に変わった内容だなとは思うよ。まさか、舞台演劇の主演とはね」

「………」

サイラスの口調はあくまで平坦だ。だが、彼があっさりと語った内容こそが、オルベリクにとっての難題であった。

彼らがわざわざエバーホルドに滞留を続けることになった目的。それこそが、まさにこれなのだ。すなわち、舞台演劇の主演。しかもその役割を任じられたというのが、オルベリク・アイゼンバーグ本人なのである。

事の起こりは些細《ささい》なものだ。とある舞台の座長が、迫力のある戦闘を演じられる舞台俳優を探していた。それを聞いたトレサが、アテがあると言って連れてきたのがオルベリクであった。

オルベリクも、剣の腕を見せろと言われれば断れない男である。せいぜい、殺陣《たて》の指南役でも押し付けられるのかと思っていたが、彼の剛剣を目の当《ま》たりにした座長は、主演にオルベリク本人を指名した。オルベリク自身にも思うところがあり、一度はその依頼を引き受けると決めた。

そして一度引き受けてしまった以上、剣士に二言《にごん》はない。ホルンブルグの剛剣の騎士と呼ばれた男は、その剣技を舞台の上でまで求められることになったのだ。他の仲間たちも急ぎの用があるわけではなく、オルベリクに付き合う形で、エバーホルドへの逗留《とうりゅう》が決まったという形だ。

「当然だが、俺には演技の心得なんてものはない。サイラス、お前はどうだ」

「おや、私に演技指導を求める気かな？　残念だが、人に教えられるような心得があるわけではないよ。観劇は楽しむ方だが、口にするのはもっぱら真実が専門でね」

その洒落《しゃれ》た言い回しができるだけ、まだ自分よりも向いているように思えるのだが。

「こういうのが得意なのは、もっぱらプリムロゼ君だろうね」

サイラスがそう言うと、オルベリクの眉根《まゆね》がぴくりと動いた。

プリムロゼ・エゼルアートは、旅の仲間だ。いまは訳あって行動を別にしている。サンランド地方で長いこと踊子を続けていた彼女は、当然、舞台にあがる経験も豊富であり、演技力に関しても申し分ない。初めて出会った相手であっても、旧知の間柄であるかのように振る舞い、旅の同行者にまで仕立て上げるような、そんな手練手管の持ち主だ。

「プリムロゼを……ここまで呼び出すのは……」

「そうだね。私もそれを推奨するわけではない。本人が望むならともかくとして」

エバーホルドは、プリムロゼにとって因縁の深い土地である。

何を隠そう、彼女が自らの目的である『復讐』を遂げたのが、この地なのだ。

シメオンと名乗る、プリムロゼの旧い知り合いこそが、まさしく彼女の父の仇《かたき》であった。

プリムロゼは、この地でシメオンを追い詰め、手にした刃を彼に突き立てたのである。

止めることはできなかっただろう。

プリムロゼの中には、決意と覚悟があった。

旅が終わりに近づくにつれ、サイラスは何か大きな陰謀めいたものに気づきつつあるようだった。彼は、その核心を話したがらないが。

ともあれ、サイラスはきっぱりと言った。プリムロゼの復讐にかかわらず、誰かがシメオンを止めねばならなかったと。

復讐、という言葉は、オルベリクにとって複雑な意味を持つ。彼が故郷を失った理由こそが、まさに親友と呼んだ男の復讐であったからだ。しかし、復讐は決して、友を幸せになどしなかった。

だからこその、プリムロゼに対する葛藤がオルベリクにはあって、しかしそれは思い詰めても詮《せん》無いことだと、サイラスはそう言っているのだ。

剣でしか語ることのできないオルベリクにとって、サイラスは真逆の立ち位置にいる人間だ。十の言葉を尽くし、百の結果を得る。オルベリクは、学者の友人を持つのは初めてだったが、こうした時の彼の割り切った言動には助けられている。

「しかし、プリムロゼ君を呼べないとなると、誰に演技指導を頼むべきだろうね。私は、旅の仲間たちの中で一番の演技派は、テリオン君だと思うのだが……」

「テリオンか……」

プリムロゼをもしのぐ演技上手がテリオンだというサイラスの意見に、異論はない。

しかしテリオンのアレは、舞台での演技だとか、そういうレベルを超えてしまっているのではないか。何しろ声からしてまったく別ものになるし、特殊な化粧を施したわけでもないのに、表情ひとつで顔さえも別人に見えてくる。

「逆立ちしても、あいつの真似《まね》ができる気はしないな……」

「そうだね。それに、彼にとっての演技は盗みの技術だ。好んで教えたがるものでもないと思うよ」

「つまり、仲間に頼らず、自分でなんとかするしかない、というわけだな」

オルベリクの表情は、悲壮感たっぷりである。すると、サイラスは本を閉じ、愉快そうに口元を緩めた。ランプの小さな灯りに照らされて、その双眸がキラリと光る。

「君も嘘《うそ》をつけないタイプだからね。なかなか、難しそうだ」

「サイラス、楽しんでいないかい？」

「いけないかな？　旅仲間が舞台の主役になるなんて滅多にない経験だよ。実に興味深い」

臆面もなくそう言われてしまっては、鼻白《はなじろ》む隙もない。

オルベリクは、渡された脚本に目を通し、それからすぐに閉じて、安いベッドの上へと横になった。舞台稽古は明日から始まる。ひとまず、やれるだけやってみるしかない。

その翌日から行われた稽古について、サイラス・オルブライトは後にこう語っている。

彼にしては、健闘しているように見える、と。

かの学者が直截《ちょくせつ》な物言いを避けるのも珍しい話だが、サイラスなりの仲間への気遣いといったところか。

舞台稽古は連日行われ、その間、仲間たちはエバーホルドへの逗留を続けた。

この街での合流はないだろうと思われていたプリムロゼと、彼女に同行していたハンイットが、そのエバーホルドに訪れたのは、本番も間近に差し迫ったある日のことである。

「プリムロゼさん！」

仲間との再会に大はしゃぎして、飛びつくトレサ。プリムロゼはそんな彼女の頭を撫でて、くすりと笑った。

「久しぶり、というほどでもないわね、トレサ。元気だった？」

「うん！　プリムロゼさんもハンイットさんも、長旅お疲れさま！」

再会を真っ先に喜んでくれるトレサの反応は、プリムロゼからすれば気が楽だった。なにせ場所が場所だ。あまり気を遣われすぎても、息が詰まってしまう。

もちろん、良い思い出のある街ではない。

演劇の聖地という事実が育む、この街特有の奇妙な空気は、初めて訪れた時から変わっていない。誰も彼もが、与えられた役割を演じているかのように感じられるエバーホルドの空気を、果たしてどのように受け取るか。粋と取るか、不気味と取るかは、まぁ、人それぞれだろう。

思っていたよりは、落ち着いているわね、とプリムロゼは思った。

街の空気が、ではない。自分の心が、だ。

取り乱すようなことはないにしても、もう少し、みっともなく震えてしまうくらいのことは覚悟していた。だが、エバーホルドの空気を吸い込んでなお、プリムロゼ自身の心は、不思議なくらい落ち着いている。

「オフィーリアや、殿方たちはどうしているのかしら」

「サイラス先生は、アーフェンと街でいろいろ調べものをしてるわ」

プリムロゼの問いかけに、トレサが答える。

「テリオンさんも調べものかな。たまにふらっといなくなったりしてる。オフィーリアさんは教会ね」

つまり、みんないつも通りということだ。プリムロゼは、旅仲間が名前をあげなかったもう一人のことを、彼女に尋ねる。

「オルベリクは？　だいぶ素敵な状況になっているようじゃない？」

「ああ」

ハンイットも、困惑を隠せない顔をしている。

「サイラスからの手紙には、『舞台の主役に選ばれた』とあったが……」

「そうなの！」

やや喰《く》い気味に、トレサは頷《うなず》いた。

「オルベリクさん、凄いのよ！　もうすぐ公開の劇の主演に選ばれちゃったんだから！

いま、頑張って稽古している最中でね！」

「その通りの意味だったのか……」

ぼそり、と呟くハンイット。

「いやー、あの座長さんもなかなかの目利きよね。もちろん、あたしも見抜いていたわ。あの豪胆な眼……。たくさんの修羅場を潜り抜けてきた鋼の肉体……。オルベリクさんには役者さんとしての素質があるってね！」

胸を張ってまくしたてるトレサ。プリムロゼとハンイットは互いに顔を見合わせる。

オルベリクに？　役者としての素質が？

サイラスから送られてきた手紙は至極簡潔で、内容を正確に伝えるものだ。しかし、いきなり『オルベリクが舞台の主役に選ばれた』と記されていれば、さすがにその意味を疑う。結局のところ、記されていた以上の事実は、そこにはなかったわけだが。

「トレサ、その、わたしから見て、あまりオルベリクにそういった適性があるようには見られないんだが……。うまくやっているのか？」

「そこなのよねー。オルベリクさん、舞台にあがった途端、ガチガチになっちゃって」

さもありなん。結局、そうなってしまうのではないか。

とは言え、根っから生真面目《きまじめ》な男だ。一度頼まれたことであれば引き受けるし、彼なりに全力を尽くそうとしている。と、いうことなのだろう。

「舞台の上も〝戦場〟だもの。さすがのオルベリクも苦労していそうね」

「おぉっ！　経験者は語るわねー！　ね、プリムロゼさんも一緒に見に行こうよ！」

トレサはぴょんぴょん跳ねながらプリムロゼの手を取る。

「そうね。せっかくだからお邪魔しようかしら」

「やったっ！　ハンイットさんも行こうよ！」

すると、ハンイットは苦笑を浮かべて、かぶりを振った。

「いや、わたしは先に宿へ行っていよう。こいつも休ませてやりたいしな」

彼女の足元には、雪豹《ゆきひょう》のリンデが臥《ふ》せっている。旅の同行者たちの中ではテリオンばかりのポーカーフェイスで、あまり感情を悟らせないが、長旅の疲れもあるだろう。プリムロゼはしゃがみこんで、リンデの毛並みを撫でてやった。

「それじゃあ、ハンイットもリンデも、また後でね」

「ああ」

彼女らと別れた後、プリムロゼはトレサの方を向いた。

「トレサ、エスコートをお願いできるかしら」

「うん！　じゃあ行こ、プリムロゼさん！」

「座長、この大道具はどこに置けば良い？」

「ああ、それは……そこだ。その端に寄せておいてくれ」

舞台の上で、オルベリクは座長の手伝いをしていた。

元が大柄で、鍛錬も怠ってこなかったオルベリクだ。コブルストンにいた頃は、こうした力仕事もよく任されていたし、ものを運んだり動かしたりは慣れている。座長の指示に従って舞台の上の大道具の配置をいじり、それもひと通り済んだ頃には、だいぶ時間が過ぎていた。

「いや、助かったよ。私一人では動かせなかったからなぁ。最近どうも、腰が悪くてね」

初老の座長から、感謝の言葉を告げられる。今日は一日の舞台稽古も終わってしまって、他の役者や裏方も、あらかた帰ってしまった後だったのだ。大道具を動かせずに困っていた座長に、一人残っていたオルベリクは見かねて手伝いを申し出たというわけである。

「礼を言われるほどでもない。俺にできることがあれば、いつでも言ってくれ」

オルベリクからしてみれば、本当になんてことはない一仕事だ。かしこまって礼を言われたりすると、むしろそっちの方がむずがゆくなってしまう。

座長は、帰りの支度を始めながら、オルベリクに尋ねる。

「それで、あんたは今日ももう少し残って稽古していくのかい」

「ああ。そのつもりだ。一度引き受けたことだからな。できる限りのことはしたい」

「そうかい。公開はもうすぐだ。しっかり頼むよ」

「……ああ」

そうした会話をかわした後、座長もまた劇場を去る。いよいよ、舞台の上にはまた、オルベリクが一人残された。

「さて、やるか……」

そう呟くと、オルベリクは大きく深呼吸をする。それから、本来であれば座長が立っているであろう場所を睨《にら》みつけ、台詞《せりふ》を諳《そら》んじる
「わ、我が名はオルベリク……」

頭に思い浮かんだセリフは、妙に硬く感じられる。身振り手振りを加えようとしても、身体は重装鎧《よろい》を着こんだかのようにガチガチであった。

「のぞむところだ。我が……我が……我が剣……。なんだったか……」

いよいよ言葉につまり、オルベリクは懐から台本を取り出した。

「我が剣の錆《さ》びとなれ、か……」

何度も読み返したはずのその一文を確かめ、大きな溜息が出る。重い足取りで、舞台の上に置いてある小さな椅子に腰を下ろした。

普段であれば、さほど覚えるにも苦労しないはずの文章だ。オルベリクも書は嗜《たしな》む。ホルンブルグにいた頃は、名だたる兵法家の記した書物だけではなく、様々な英雄譚《たん》、騎士道物語に触れては、エアハルトとその内容について語り明かしたものだ。自分のお気に入りの場面、親友のお気に入りの場面、いずれの文章も、きちんと頭の中に入っている。

今回の演劇脚本だってそうだ。

自身の出番だけではなく、いずれの場面においても、台詞やト書きなど、ひと通りは覚え、確認した。したはずなのだ。

それなのに、いざ舞台の上で口に出そうとすると言葉として出てこない。

「本格的に才能がないのかもしれん……」

誰に聞かせるでもなく、そんな本音がぽつりと、口から漏れる始末である。

オルベリクはもともと騎士である。剣士である。剣の道に生き、剣で語ることしかできない人生であると悟り、それを受け入れたのは、遠い砂漠の街でのこと。他の生き方はできぬと覚悟していたことだ。

とは言え、引き受けた仕事ひとつこなせないようでは、さすがにばつが悪い。

公演まではあとわずかだ。ここで自分が、他の劇団員の足を引っ張るわけにもいかない。だからこうして、毎日稽古が終わったあとも一人残って、練習を続けているわけだ。

腰を上げ、椅子の上に台本を置くと、オルベリクは咳《せき》ばらいをして足を踏み出す。

「わっ、我が名はオルベリク！　のっ……ぞむところだ。わ、我が剣の……錆びと、なれい……！」

セリフを言い終えると同時に、客席から小さな拍手が飛んできた。オルベリクは、思わず顔をしかめてしまう。薄暗い客席の向こうで、小さな影がぴょんぴょんと飛び跳ねながら、こちらに手を振っているのがわかった。

「トレサ……」

オルベリクは、先ほどとは違う意味の溜息を漏らす。

ここ最近、しょっちゅう顔を覗かせに来るのがトレサだ。彼女のふるさとであるリプルタイドは、ときおり旅の一座がやってきては公演をおこなっていたらしい。オルベリクが舞台に立つと聞いて、トレサはえらく興奮していた。

ただ喜んでいるだけではなく、舞台公演に合わせた軽食や飲料の販売などを狙っているあたりが、実にトレサらしいとも言えたが。

「オルベリクさーん！　また来ちゃったー！」

「やれやれ」

　オルベリクは苦笑いを浮かべる。

　彼女なりに、こちらを応援してくれているのだろう。正直なところ、役者としての実力も上がっているわけではない今、あまり頻繁に来られても気が散ってしまうのだが、かといってトレサの純粋な気持ちを無碍《むげ》にはしたくない。

「よく来たな、トレサ。あまり構いもできんが、ゆっくり……していって……」

　薄暗い客席の奥まった方へ進んでいくと、トレサの隣にはもう一人別の影があって、それに近づくにつれ、オルベリクの目は見開かれ、その言葉も途切れていく。

　トレサが連れてきたと思《おぼ》しきもう一人は、人差し指でくるくると、自らの肩に垂れ下がった茶髪をもてあそんでいた。オルベリクの方に視線をやるでもなく、劇場をぐるりと見回している。

「プリムロゼ……!?」

「ご無沙汰ね、オルベリク」

　プリムロゼは、そこでオルベリクの方へと顔を向けた。いつもとまったく変わらない彼女の佇まいを目の当たりにして、オルベリクの脳裏には当然の疑問符が浮かぶ。

何故こんなところに。故郷であるノーブルコートへ戻ったのではなかったか。用が済んだにせよ、なぜまたエバーホルドに顔を出すのか。

正直なところ、彼女との再会を果たすのは、もっと先のことだろうと思っていた。再びプリムロゼと共に旅ができるようになるとしても、それはこの街を発《た》った後だろうと考えていた。

オルベリクの脳裏に浮かぶのは、ただ宿敵と呼ぶにはあまりにも複雑な因縁の絡みあった男、シメオンを自らの刃にかけた直後の、プリムロゼ・エゼルアートだ。

あの時のプリムロゼは、まったくもって普段通りの彼女にも見えたし、同時に、ひどく憔悴《しょうすい》しきっているようにも見えた。感情を悟らせないのが、彼女の独特の立ち振る舞いとは言えだ。ただ、どうであれ、あれほどの出来事を経て、ここエバーホルドの劇場に対し、何も思うところが残らないということはずがない。

だからこそ、まさか彼女と再び見《まみ》えるのが、まさにその劇場の中でという事実が、オルベリクを驚かせていた。

そんな彼の様子を見て、トレサが尋ねる。

「あ、お邪魔だった？　ごめんね、オルベリクさん」

「いや、いや、良いんだ。トレサ」

動揺は如実に態度に出た。さすがに少しみっともない。オルベリクは咳払いをする。

「久しぶりだな、プリムロゼ。その、もう、良いのか」

「？　ええ、大丈夫よ」

少しだけ首を傾げてから、プリムロゼが頷く。

「（俺の考えすぎなのか……？）」

彼女の澄ました態度は、あまりにもいつも通りすぎる。プリムロゼは、確かに本音を隠すことが上手な女かもしれないが、それにしたって、このエバーホルドで、ここまでいつも通りに振る舞うことができるものか？

いや、プリムロゼが態度を表に出していない以上、余計な勘繰りをしても仕方がない。ならこちらだって、いつものように接するまでだ。

「もう聞いているだろうが、舞台の主役というやつを引き受けることになってな」

「ええ、そうみたいね」

プリムロゼは、舞台の上に置かれた椅子と、脚本の方を見る。

「ねぇ、オルベリク。あなた、演技なんてできるの？」

「……できない。自分で言うのもどうかと思うが、酷いものだ」

オルベリクは渋面を作る。

「ふぅん……。なるほどね」

「なにぶんこんなことは初めてでな。俺の剣が誰かの役に立つならと引き受けはしたが」

オルベリクはそう言って、舞台の方へと戻って行く。後ろから、プリムロゼとトレサもついてきた。椅子の上に置かれた脚本を拾い、ぱらぱらとめくる。

「へぇ。どれどれ」

プリムロゼは当たり前のように壇上へあがり、オルベリクの手にした脚本を覗き込む。

演目の内容は、座長演じる老剣士が、旅の途中で凄腕の剣士と出会い、いつしか共に旅をするようになるというものだ。この凄腕の剣士というのが、すなわちオルベリクである。かつて所属していた暗殺剣士集団を足抜けしたという、冷酷無比な殺し屋だ。

この旅の剣士という設定はオルベリクに合わせて変更されたもので、本来の筋書きでは魔獣を操る魔界の使者になっていた。

「……配役に無理があるんじゃないかしら」

プリムロゼがぼそりと言った。

「あなた、どう考えても冷酷無比な殺し屋というガラじゃなくてよ」

「そうか、うぅむ……」

オルベリクは、脚本を開いたまま唸《うな》り声をあげる。

「今までに一度だって、冷酷無比に振る舞ったこと、あったかしら」

「ない、な……。おそらく」

「きっと大変よ。演技の引き出しって、なんだかんだで経験に依存するもの」

さすがに、含蓄《がんちく》のある言葉だ。踊子と役者という違いこそあれ、プリムロゼにとってこの演劇用の舞台は、そう遠くないところにあるものなのだろう。オルベリクは、手にした脚本をプリムロゼに見えやすいよう動かして、尋ねた。

「他に気になるところはあるか？」

「他に……？　うーん、そうね……。あなたが演じる、この剣士……」

「ああ。この剣士が？」

彼女は、脚本をじっと眺めながら、口元に手をやり、それからしばらく考え込むように黙ってしまった。やがてプリムロゼはかぶりを振る。

「ごめんなさい。なんでもないわ。少し引っかかりを感じるような気がしたけど、たぶん、勘違いだったみたい」

「む、そうか……」

後ろから、そんな二人を交互に見ていたトレサだが、急にぽんと手を叩《たた》いた。

「そうだ！　プリムロゼさんが、オルベリクさんに舞台のことをいろいろ教えてあげるっていうのはどう？」

「そうね」

プリムロゼは、あっさりとこう言った。

「構わないわよ」

「良いのか？　プリムロゼ」

「わたしは最初からそのつもりでいたわよ、オルベリク」

「む、そうか……」

そこまで気を遣わせていたなら、遠慮をするだけ彼女に失礼だろう。実際、オルベリク自身行き詰まりを感じていたところだ。

「……わかった、よろしく頼む。プリムロゼ」

「決まりね！」

トレサが声をあげる。

「ただし」

と、プリムロゼは前置きをして、ひとつだけオルベリクに告げた。

「わたしの指導は、甘くはないわよ？」

うっすらと笑みを浮かべる彼女の顔を見て、オルベリクは深く、頷いた。

「望むところだ」

プリムロゼが、オルベリクの演技指導を始めてから、さらに数日が経《た》った。

いよいよ、初公演を明日に控え、オルベリクの仕上がりはというと、

「ちょっとこれは、参ったわね……」

細い指先で、自らのこめかみを揉《も》むプリムロゼ。

オルベリク・アイゼンバーグは、たいそうな大根役者だった。まぁ、元からそんな素養があったようには見えないが。これはなかなか、想像以上だ。

懸命にやっているのは、わかる。

役者というのはすなわち、自分とはまったく異なる人間の生き方というものを、自己に再現ができる人間のことだ。それでも、演じる役柄というものは、どうしても元の人間の延長線上にしか存在しない。テリオンのように、まったく違う人間になりきってしまえるのは、一種の才能だ。

オルベリクの場合、その役柄の幅というものが、極端に低いのである。

ことあるごとに、彼は『俺は剣でしか語ることができない』と口にしている。

実際、その通りであって、きっと、オルベリクはどんな人生を歩んでも、今のオルベリクのような生き方を選んだ。だから自分とは違う人間を演じることが、極端に苦手なのだ。

今から劇的な改善を望むのも難しく、オルベリクのことは、今の状態で舞台上に送りだすことになるのだろう。なってしまうのだろう。

「いっそのこと、最初に断ってしまえばよかったのに」

舞台の上でぎこちない演技を続けるオルベリクを眺めながら、たぶん、誰が見て、誰が聞いても一度は思うであろうことを口にした。

「まぁ、彼は生真面目な男だからね」

すると、後ろの方から聞きなれた声がする。プリムロゼが振り向くと、一人の男が入り口の方から降りてくるのがわかった。

「あら、サイラス先生じゃない」

「やあ、プリムロゼ君」

軽めの挨拶《あいさつ》を交わした後、サイラスは観客席、プリムロゼの隣に腰を下ろす。

宿では何度か言葉を交わしたりするものの、彼はこのエバーホルドで熱心な調べものをしているようで、昼間このように顔を合わせることは、そう多くはなかった。

腰を下ろしたサイラスは、壇上のオルベリクを見上げてこう続ける。

「自身の剣が誰かの役に立つならば、彼はそれを断れない男だ」

そう言えば、オルベリク本人もそんなことを言っていた気がする。

「でもだからって、演劇よ？」

「だからこそ、ではないかな」

サイラスは思わせぶりな物言いをして、一拍、間を置いた。

「誰かを倒すためにせよ、誰かを守るためにせよ、これまでオルベリクは剣を振るい、多くのものを傷つけてきた。彼はそれを後悔しているわけではないだろうが、誰も傷つけずに、自らの剣を誰かのために活かせるというのなら、試してみたいと思うのも無理はない」

「それは……そうかもしれないわね」

サイラスの言葉を聞いてプリムロゼは、反論ができない。

舞台上のオルベリクは、下手な演技をまじえながら、殺陣の練習に入っていた。それがたとえ芝居であっても、剣の冴《さ》えには一切の淀《よど》みがない。

剛剣の騎士、と呼ばれていたオルベリクの剣技は、実直で力強い。ウェルスプリングで一度だけ見た、烈剣の騎士エアハルトとは、様々な意味で対照的だった。まるでそう、オルベリクの性格そのものが、剣に反映されているかのようだ。

「……不器用な人だわ」

「本人も、大いに自覚していることだと思うよ」

達人級の技を披露しながら、オルベリクの口からは大根芝居のセリフが飛び出してくる。何か力になってあげられればとも思うが、あとわずか数日で、劇的な改善が望めるとも思えない。プリムロゼは、小さくため息をついた。

「相変わらず、人の心を探るのがお上手なのね、サイラス」

「いや、どうだろうか。最近私も気づいてきたのだが、下手に探りをいれて相手を怒らせるより、アーフェン君のように正直に接した方が良い場合というのも多いからね」

サイラスは小さく肩をすくめて言うと、それからまた、舞台上のオルベリクを見た。

「とは言えだ。これはオルベリクの口からは語られないだろうから、私から伝えておくと、彼はずいぶんと君のことを気にかけていたよ、プリムロゼ君」

「オルベリクが？　わたしを？」

「ああ」

意外、というほど意外でもなかった。

確かに再会をしたときのオルベリクは妙な動揺を見せていた。おそらく口にしていないだけで、何かしら自分に対して思うところがあったのだろう。

だが、生来の生真面目さと不器用さから、それを言葉にすることはなかった。なにしろ、言葉よりも剣の方が雄弁に何かを語れるような男だ。

「自分ならもっと、君に何かかける言葉があったのではないか。そういった悩みであるように見えた。君の旅の目的を、戦友と重ねていた部分もあるのだろうが」

やはり、そうか。プリムロゼは小さく頷いた。

父の仇を追って、このエバーホルドにたどり着いた時も、オルベリクはプリムロゼの力になると言ってくれた。『この剣をお前のために振るおう』と。その言葉自体に、決して嘘はなかっただろう。

しかし、彼がプリムロゼの復讐に心から賛同してくれていたとは、今も思っていない。

実際に復讐を遂げたエアハルトがその後どうなったのか、オルベリクは知ったからだ。

そして彼自身、祖国を滅ぼしたエアハルトに対して、最後まで憎しみの刃を向けなかった。

プリムロゼは信念を貫いた。

己を信じ、己を貫き、父の仇に復讐の刃を突き立てた。

しかし、結果、彼女の心には、何も残らなかった。

オルベリクはもしかしたら、最初からそれがわかっていたのかもしれない。わかっていたのに、止められなかった。あるいは、どうやっても止められなかったとしても、何かプリムロゼにかけるべき言葉があったのではないか。

そうした後悔や懊悩《おうのう》が彼にはあった。

それが、あのわかりやすい動揺という形で、露《あら》わになった。

「本当に、不器用な人……」

そんな不器用な彼が、この役を演じ切るのは、やはり荷が勝ちすぎてはいないか。

オルベリクが演じる役はそれなりに複雑だ。冷徹な剣士が旅の過程で変わっていく、心境の変化というものが描かれなければならない。

「しかし、君が元気なようで何よりだ」

急にそんなことを言われたので、プリムロゼは思わず顔をあげた。

「あらサイラス、あなたもわたしを心配してくれていたの？」

「私だけではないさ。みんなしていたよ。だから、君がハンイット君と一緒にここまで来てくれて、皆、安心したのさ」

「あなたも？」

「もちろん、私もだ」

照れる様子もなく、サイラスははっきりとそう告げた。

「そう」

プリムロゼは、短く相槌《あいづち》を打つ。

「正直なところ、全然めでたしめでたし、というわけではないの」

「ふむ」

本を閉じて、サイラスはプリムロゼを見た。

復讐を果たしても、心の穴は埋まらない。これから何を目指して生きていけばよいのか。プリムロゼは見失ったままだ。これればかりは、抱えて生きていくしかないと思っている。

「……そうか」

サイラスは何を思ったのか、しばらくの沈黙のあとに頷いて、自身の手にした本へと再度視線を落とした。


舞台稽古が終わる。

オルベリクは、険しい表情を崩さないまま、壇上から降りた。観客席にはプリムロゼがずっと座っていて、彼女は少しだけ悪戯《いたずら》っぽい笑みを浮かべながら、拍手で出迎える。壇上からはサイラスの姿も見えたが、どうやらもう帰ってしまったらしい。

「なかなか素敵だったわ、オルベリク」

その言葉を、素直に受け入れられるほど、オルベリクもお気楽ではない。表情を曇らせたまま、彼はプリムロゼを見た。

「……自分ではそうは思えん」

「あら、本当のことよ？　もちろん、お芝居としては酷いものだったけれど、それでも素敵だったわ」

「うぅむ……？」

彼女の言っている意味がわからず、オルベリクは額を掻く。

ともあれ、芝居が酷い、という忌憚《きたん》のない意見は確かだ。そしてそれは、オルベリク自身の主観と間違いなく一致している。

「……どこが悪いと思う？」

声を潜めて、オルベリクはプリムロゼに尋ねる。

「そうね……」

プリムロゼは考えるような仕草を取って見せた。

「あえて言うなら、全部かしら」

飛び出してきた言葉は、存外に手厳しい。

「動きがぎこちないし、表情は硬いし、台詞は棒読みどころか、たまに内容が飛んでしまっているし。緊張が目に見えているわよ。ここ最近ずっとそうであるように」

「ああ」

慣れないことをしているからなのか。勝手というものが何ひとつわからず、壇上で無様を晒《さら》しているという自覚がある。

プリムロゼの講釈は丁寧なものだった。彼女の教え方に問題があるとは思わない。

役を演じる上で重要なことは何か。よく説明してくれた。

その人物の背景や過去というものを掘り下げ、どういう人物であるのかを咀嚼《そしゃく》する。そうして浮かび上がってきたその人物の人生を、思い描きながら演じるのだと。

しかし、演じる役柄をどれだけ掘り下げてみたところで、演技力はやはり別の問題だ。

「元から表情が豊かな方ではない。どういう時にどういう顔をすればいいのか。さっぱりわからん。それにやはりどうも、舞台の上では思うように動きがな」

「ふぅん……。そうね……」

プリムロゼは少し首を傾げて、こんなことを尋ねてきた。

「極端に緊張しやすいタイプ、というわけでもないものね。ヴィクターホロウの闘技場でのことを考えると」

オルベリクは無言で頷く。

たくさんの人に見られてガチガチに硬直するか、といえば、確かにそういうわけでもない。闘技場では自然に身体が動き、オルベリクは自らの剛剣を人前に披露することができた。そもそも、ホルンブルグにいた頃は兵を率いていた身だ。人に見られて緊張する性格では、立ち行かない職務である。

だから、人前で話すことが極端に苦手だったわけではない。

もちろん得意だったわけでもないが、立場が立場だった。作戦前に、兵士たちに訓示を述べるようなことも、時には必要だった。

そのことを話すと、プリムロゼは驚いたように目を丸くした。

「訓示？　あなたが？」

「ああ。似合わないと思うかもしれんが」

そう言って、オルベリクは、観客席の椅子のひとつに腰を下ろす。

事実、あまり立派な訓示でなかったのは確かだ。そういったものはエアハルトの方がよほどうまくやった。いや、どうだろう。いま思うと、大した差はなかったかもしれない。

「似合わないということはないわ」

隣の席に腰かけたまま、プリムロゼが微笑む。

「兵士たちの評判も良かったでしょう？」

「そう、だな。不思議と、悪くはなかったかもしれん」

昔から、弁が立つ方ではなかった。オルベリクが兵たちに垂れた訓示だって、ごくありふれた、誰にでも言えるような言葉でしかなかったように思う。だが確かに、兵士たちの反応はそう悪いものではなかった。

理由はわからないが。せめて、あの時と同じような感覚で、ものを喋《しゃべ》ることができれば良いのだが。

難しい顔をして考え込むオルベリクの横顔を、プリムロゼがじっと見つめている。

薄暗い劇場の中だ。プリムロゼの、猫を思わせる大きな瞳が突き刺さるのに、オルベリクはやけに落ち着かない心地になる。

「……どうかしたか？」

「いえ、あなたは真面目ね、と、そう思って」

「………」

オルベリクは、その言葉の意味を測りあぐね、咄嗟《とっさ》に言葉を返すことができない。

「やっぱりあなたは、お芝居なんかじゃなくて、あなた自身の言葉で何かを語るほうが、よほど人の心に響くことが言えると思うわ」

「それは……褒めて、いるのか？」

「もちろん。旅の途中でも、あなたの言葉が助けになったことは、いくらでもあるわ」

プリムロゼは薄く微笑む。

だが、その言葉はオルベリクにとっては複雑な気持ちを残す。一番大事な時に、かけてやる言葉はもっとあったのではないかという気持ちが、オルベリクにはあるからだ。しかし、同時にそれがある種の思い上がりであるかもしれない、という気持ちも、またある。

「舞台の上では……、そういうわけにはいかん」

辛うじて、プリムロゼの言葉にはそう返すことができた。

明日、オルベリクが演じるのは自分とは違う人生を歩んだ別の男だ。するとプリムロゼは、『そうね』と実も蓋《ふた》もない同意をして、また笑った。

プリムロゼは、脚本を手に取り、ぱらぱらとめくりながら、オルベリクに尋ねる。

「オルベリク、あなたから見て、あなたが演じるこの剣士は、どういう人？」

「む……、そうだな」

それは、彼女に言われてこの数日、それなりに真面目に考えてきたことだ。

暗殺剣士集団を足抜けして、放浪の旅を続ける剣士。自分とはまったく違う生き方をするこの男を、オルベリクはそれなりに理解しようとした。

「わたしは、寂しくて、孤独な人だと思うわ。だから、あなたには余計に向いていないと思ったのかもしれないけど」

答えるより先に、プリムロゼはそう言った。

「寂しい、か。確かにそうかもしれんな」

オルベリクは頷く。この剣士は、それまでの生き方に虚しさを覚えて所属していた組織を抜けた。オルベリクは頷く。この剣士は、それまでの生き方に虚しさを覚えて所属していた組織を抜けた。だがそれが、剣士に対して新しい展望をもたらしたわけではないのだ。旅の中で目的を見つけられず、苦しみ、もがく過程で、辻斬《つじぎ》りのようなことを続けている。

「だが俺は、孤独ではないと思う」

「そうかしら」

「ああ」

その理由を説明しろと言われると、途端に苦手な話になってしまうが。少なくともこの剣士は、いずれ座長が演じる老剣士と共に旅をすることになる。

オルベリクは尋ねた。

「なぜ、孤独だと思ったのだ？」

「さあ……。何故かしら。なんとなく、ずっとそう思っていたわ。この剣士は孤独な人なんでしょうねって」

プリムロゼは、本を畳んで、オルベリクへと返す。

「だとすると、あなたとの共通点は剣士であることと、孤独ではないこと、かしら。そこをあなたらしく演じられれば良いわね」

「……そんな器用な真似はできん」

オルベリクは口をへの字に結んだ。孤独でないことをどう演じ、表現しろというのか。舞台の上で高らかに『俺は孤独ではない！』と叫べば良いのか？

いよいよ、明日だというのに。結局演技力の問題は全然解決しなかった。プリムロゼに時間を割《さ》かせてこの体たらくとあっては、面目が立たない。

「楽しみにしてるわよ、オルベリク」

だというのに、プリムロゼはそう言った。

「公演が成功したら、何かお礼に言うことをひとつ聞いてもらおうかしら」

「なんだと？」

眉をひそめて聞き返すオルベリク。

「あら、嫌なの？」

「もちろん礼をすることに異存はないが……」

その礼の内容も、前提条件も、どちらも気になる。

なんでも言うことを聞く、といっても、そう無茶なことを振ってくるプリムロゼではないだろう。多少、悪戯っぽいことを言ってこちらを困らせるかもしれないが。

「成功……すると思うか？」

「さぁ？　でも、最初から弱気なんてあなたらしくないわ」

結局、いつもの調子で、プリムロゼはこちらの問いをはぐらかすだけだ。旅の中で、彼女がどれだけ食えないヤツかというのは、身に染みて理解している。ひょっとしたら、またからかわれているだけなのかもしれない。

だが確かに、最初から弱気というのは、らしくない。

オルベリクは溜息をついて、それから天井《てんじょう》を見上げた。

「おまえに報いるよう、努力はするつもりだ」

「ええ。みんな連れてくるから、頑張ってね？」

「……なんだと？」

みんなとはつまり、みんなか。

旅の仲間全員で、見に来るということか。

「（これは当分、酒の肴《さかな》にされるかもしれんな）」

仏頂面を作ったまま、オルベリクはそんな覚悟を決めていた。

そしてついに、公演初日が訪れた。

劇場に訪れた観客の中にはプリムロゼの姿もある。トレサやアーフェン、オフィーリアたちも、一緒にオルベリクの勇姿を拝もうと、客席へと足を運んだ。

「楽しみですね。オルベリクさんのお芝居」

客席に腰を下ろしたオフィーリアが、笑顔で言う。彼女はオルベリクの稽古を一切見に来ていなかった。当然、彼の大根っぷりも知らなそうだ。

オルベリクの演技力を目の当たりにしたこともあるアーフェンは、ちょっぴり苦笑いを浮かべて、横の席のトレサに尋ねる。

「で、どうなんだよ。オルベリクの旦那、実際演技上手くなったのか?」

「あたし、最後の数日は仕入れでいっぱいいっぱいだったから……」

二人の視線は、次いでトレサのさらに隣、つまりプリムロゼに注がれる。

「どうだったの? プリムロゼさん」

「どうかしら。それは見てのお楽しみよ」

適当にそのようなことを言い、はぐらかしておくプリムロゼ。

もちろん、演技力の改善は見られなかった。彼は本質的に嘘をつけないタイプだ。言葉通りの意味ではない。自分を偽れない、という意味で。

これまで鍛錬を積み重ねてきたくらいだから、自分を律することは得意だ。多少の動揺や懊悩も飲み込んで、普段のように振る舞うことはできる。一方で、心にもない感情を口にすること自体が、致命的に苦手なのだ。

だから最後に、あのようなことを言った。

とはいえ、実現できるかは望み薄だ。主役の一人があの調子では、公演自体も上手くはいかないだろうと思う。商売と絡めて考えていたトレサには、気の毒なことではあるが。

観客たちは続々と入ってきて、劇場はあっという間に満席となる。後ろの方には、ハンイットやテリオンたちの姿も見えた。

「お、もうすぐ始まりそうだぜ」

アーフェンが、劇場後ろの扉が閉められたのを確認して、そう言う。

「オルベリクさん、頼むわよ……。ここで劇が成功しなかったら、仕入れ、全部無駄になっちゃうんだから……」

トレサが祈っている。

やがて、アーフェンの言葉通り、舞台袖から座長が出てきて、よく通る声で挨拶をする。盛大な拍手に包まれながら、いよいよ幕が上がり、オルベリクが主演を務めるというその劇の公演が始まった。

オルベリクは最初から出るわけではない。座長演じる老剣士がもう一人の主人公だ。トレサたちから聞いた話では、この座長もかなりの使い手で、彼に戦いを挑まれた時、オルベリクもついつい本気を出してしまったという。そして、その腕を見込まれてスカウト、という流れだ。

「あ、来るわよ、プリムロゼさん！」

トレサが小声で歓声じみた声をあげる。オルベリクの出番だ。

老剣士が旅の道中で出会った、強敵としての役。登場するや否や、オルベリクはその卓越した剣技を駆使して、座長演じる老剣士と渡り合う。迫力のある殺陣に、観客たちも感嘆をあげる。

『ぐぅっ……！　なんという強さ！』

よく通る声で、座長が叫ぶ。

『旅の剣士よ！　名を聞いておこう！』

感情のたっぷりこもった、やや大袈裟なな芝居。舞台俳優のお手本のような演技だ。剣《けん》戟の余韻も冷めやらぬ観客たちの視線は、いっせいに、先ほど見事な剛剣を披露した舞台の主役に注がれる。

『わ、我が名はオルベリク……！』

聞き飽きるほど聞き慣れた、オルベリクの大根演技だ。

やはり、あの助言は活かせなかったか。仕方のないことではある。

『のぞむところだ。わが剣のさびとなれい』

剣を掲げて高らかに叫ぶ——というには、あまりにも間の抜けた声で挑発するオルベリク。微かに沸いていた劇場は一瞬で静まり返った。オルベリクは、わずかな空白の後、座長演じる老剣士へと尋ねる。

『……で、いいのか？』

プリムロゼは思わず噴き出してしまった。

アーフェンとトレサも唖然《あぜん》とした様子で見守っているが、オフィーリアだけは真剣そのものな眼差しを舞台の上へと向けていた。どうやら彼女だけは舞台の世界へとのめり込んでいるようだ。

観客は白けてしまったが、舞台は進行していく。

オルベリクは何度か登場し、老剣士と激しい剣戟を披露するなどしたが、いつしか旅の同行者となる。脚本通りの展開だ。

『俺も……、その、失った。生きる、目的、とかいうやつをだ』

『だからそのような、辻斬りの真似をしていたのか……！』

暗殺剣士集団の、冷徹な殺し屋。しかしその生き方にある種のむなしさを感じ、〝オルベリク〟はその剣士集団から足抜けをする。以来、旅を続けているが、元の組織を抜けたことで、彼は目的を見失ってしまった。

一度幕が降り、休憩が挟まる。観客席がざわざわとし始める中、プリムロゼたちも、自然と劇の内容やオルベリクの演技などについて、言葉を交わし始める。

「哀しい、運命ですね」

オフィーリアは、オルベリクの演じる役どころを評してそう言った。

「それまで自分を繋《つな》いでいたものを断ち切って、前向きに生きられると思っていたのに、喪失感に縛られて身動きが取れない……。オルベリクさんが演じているのはそんな方なのですね」

「あんたちゃんと見てんだな、オフィーリア……」

感心したように、アーフェンが頷いている。

彼女の評はまったくもって正しい。プリムロゼも同じようなことを思っていた。その上で、本人ではなく、取り巻く状況のことを『哀しい』と評したのは、彼女自身の人柄ゆえか。どことなく、慈しみのある物言いに感じられた。

「な、なんだかそう聞くと、オルベリクさんの役、とても難しい気がしてきたわね」

トレサがそう呟く。彼女はこれまでに何度か劇場でオルベリクの稽古を見ていたはずだが、ここでそんな感想が出てくるということは、彼の演技では、トレサにそこまで伝えきれていなかったということか。

オフィーリアは、トレサの言葉に『そうですね』と頷く。

「とても、難しいお芝居だと思います。目的を見失って、心にぽっかり穴があいたような、そんな気持ちを表現しなければなりませんから」

そんな彼女の言葉を聞いて、プリムロゼは一人、はっとした。

「オフィーリア、いま、なんと言ったの？」

「あ、はい。難しいお芝居だと」

少し大きな声で聞き返してしまったが、彼女は驚くでもなく、すぐに繰り返してくれた。

「目的を見失って、心に穴があいたような気持ちを表現するのは、大変なことですから」

「それ、誰かに聞いたりしたの？」

「いいえ、そういうわけでは……」

「そう……。そうよね……」

ため息をついて、椅子に深く座りなおすプリムロゼ。隣の席から、トレサが覗き込んでくる。

「どうしたの？　プリムロゼさん」

「いいえ、なんでもないわ。ただちょっと、気づいただけ」

そう、気づいただけだ。

脚本を一度流し読みしたときから、ずっと感じていた引っかかりの正体に。

オルベリクが演じる役、冷酷無比な旅の剣士は、どことなく自分に、プリムロゼ・エゼルアートに似ているのだ。

もちろん、素性《すじょう》はまったく違う。生きてきた世界も、性格も、旅に出る経緯も違う。

しかしただ一点、生きる目的を見失い、そのためにもがき続けているという、その一点だけが、今の自分と重なる。好きになれないわけだわ、とプリムロゼは思った。

幕が降りている間に、席を立ってしまおうかとも思ったが、トレサがはしゃぐような声をあげて、中座の阻止は余儀なくされる。

「プリムロゼさん、後半始まるよ！」

「ええ、そうね……」

覚悟を決めて、上がる幕を見つめるプリムロゼ。座長の挨拶があり、ほどなくして劇が再開する。舞台の上にはオルベリクが立っていて、観客たちの間には、どこか白けた空気が漂っていた。

オルベリクは、どういう気持ちで、あの剣士を演じているのだろう。

自分の目的を見失い、心にあいた穴が埋まらない。

誰かに対して明確に、その気持ちを語ったことはない。だから、オルベリクはプリムロゼがそうした気持ちを抱えていることを知らないだろう。知らないままに、目的を失い、辻斬りを続けていた剣士の役を演じている。

『そうだ。このむなしさがきえることはあるまい』

つたない芝居で、セリフを朗読するオルベリク。

『わたしは、このこうかいを……かかえて、いきていくしかないのだ』

そこで、オルベリクの動きが止まる。同時に、劇の流れも止まる。頭からセリフが飛んだのだ。彼は顔中にびっしりと汗を張りつけて、目を泳がせていた。共演者が助け船を出そうとする中、オルベリクは腕を振って、『だが』と言った。

『だが……！　だが、たとえ虚しさが消えず、後悔を抱えて生きていくとしても、俺は、孤独では……ない。そう、俺は孤独ではない！』

「おお……」

隣の席で、トレサが小さく、感嘆をあげた。

「やるじゃない、オルベリクさん。今のはすごく良かったわ」

違う。あれはアドリブだ。飛んでしまったセリフの代わりに、その場で取って付けたように、何かを言っているに過ぎない。おそらくは、冷酷無比な剣士ではなく、オルベリク・アイゼンバーグの本音として。

最後に、とって付けたように『俺は孤独ではない』と叫んだのは……まぁ、昨日、からかうように入れたアドバイスを、真面目に実行した結果、だろうか。

だが、そのオルベリクの本音は、プリムロゼの中にあったわだかまりを、わずかに氷解させた。『孤独ではない』という彼の言葉が、雨水のように緩やかにしみこんでいく。

孤独ではない、か。

「(そうね、オルベリク。そうかもしれないわ)」

プリムロゼは、誰にも明かさない胸の内で、確かにはっきりと頷いた。

虚しさは消えず、後悔を抱えて生きていくしかないとしても、プリムロゼは独りではなかった。周りにいる誰かは、必要な時に助けてくれた。そして時には。彼らがプリムロゼのことを必要とした。

心にあいた穴が埋まったわけではない。

だが、今のオルベリクの言葉は、間違いなくプリムロゼに前を向かせてくれた。

『そ、そうか……！　良かったな、オルベリク！』

共演者たちは、唐突なアドリブに若干戸惑いながらも、話を合わせ、なんとか劇の軌道修正をしていく。いよいよクライマックスが近づき、手に汗を握る剣戟シーンも増えていく。他の共演者よりも頭ひとつ抜けたオルベリクの剣技が、敵役《かたき》を壇上で追い詰めていき、やがて決着が訪れた。

『ついにやったぞ』

オルベリクが間の抜けた勝鬨《かちどき》をあげる。

『見事だ、オルベリク！』

老剣士役の座長もまた声をあげる。

舞台の上には、オルベリクと座長の二人が残った。入場時よりは減ってしまっている観客たちも、唯一見どころのあった剣戟シーンもすべて終わっただろうと、白けた空気で見守っている。

事故は、そのさなかに起きた。

『オルベリクよ。長き旅であったな』

『そうだな』

情感たっぷりに語る座長と、相槌を打つオルベリク。老剣士は振り返り、大袈裟《おおげさ》に身体全体を使って感情表現を続けた。

『いま思えば、あのとき、おまえが私にとどめを刺さなかったの……は……うっ……！』

一瞬、座長の動きがとまり、そのまま舞台の上に、ずるりと倒れ込んだ。劇場にどよめきが広がる。オルベリクが目を白黒させたまま、倒れた座長を起こそうとした。

「い、いかん……腰が……」

前方列であるためか、座長のそんなうめき声が聞こえる。言葉から察するに老齢ゆえ、腰をやってしまったらしい。最後の最後でこんな事故とは。あの調子では、座長がもう一度立つなんていうのは無理だろう。

ここで不満が爆発するのが他の観客たちである。

ただでさえ白けムードだったところに、このアクシデントである。荷物をまとめ始めるものがほとんどだ。それだけならともかく、観客席から野次まで飛び始める始末だった。

プリムロゼは、小さくため息をついた。

「(仕方ないわね……)」

トレサたちは、不満を爆発させる観客の野次や罵声を聞いてうろたえる。アーフェンやオフィーリアが彼らをなだめようとする中、トレサはプリムロゼの席へと振り向いた。

「ど、どうしようプリムロゼさん！　このままじゃ、公演大失敗……って、あれ？」

目を丸くするトレサ。彼女が見た席には、既にプリムロゼは座っていなかった。


「(ど、どうすれば良い……)」

飛んでくる野次と罵声の中、オルベリクは頭が真っ白になっていた。

彼の腕の中で、座長はうめき声をあげている。立たせようにも立たせられず、彼の演技の続きをやってもらうのは難しそうだ。

となると、やはりアドリブで場を繋ぐか、無理やり終わらせるしかない。しかし、舞台袖にいる他の役者や裏方たちも、座長の一大事に混乱が勝って助け舟を出してはくれない。

どうすれば良いのかと迷う中、新たな声は思わぬほうからやってきた。

「ついに見つけたわ、オルベリク！」

聞き慣れた声が、舞台上の空気を切り裂くように響く。凛《りん》としながらもよく通る声。客席には一瞬で静けさが戻り、帰ろうとしていた他の観客たちも、顔をあげたり、振り返ったりして、舞台の方へ視線をやる。

袖から現れたのは、赤い装束に身を包んだ、美しい出で立ちの女。

「プリムロゼ……!?」

オルベリクは思わず叫んでいた。

そこにいるのは、間違いなくプリムロゼ・エゼルアートその本人。その手には、一本の模擬剣が握られている。細身のサーベル。彼女によく似合う武器だ。

「久しぶりね、調子はどう？」

「ど、どういうことだ？　何故、おまえがここに……!?」

何が起こっているのか、何をする気なのかわからないまま、オルベリクは尋ね返す。

プリムロゼが、たんっ、と床を蹴り、オルベリク目がけて肉薄したのは、まさにその直後だった。狼狽をしていようと、オルベリクの身体は正しく動き、プリムロゼの刺突を正確に受け止める。

「やるわね。さすがだわ」

「プリムロゼ、よせ。俺たちがこんなことをしている場合では……」

「これは罰よ、オルベリク。わたしたちを裏切ったあなたに対する、ね」

「な、何を言っている!?」

裏切った⁉　今回の公演が大失敗に終わろうとしていることを言っているのか⁉

あるいは、何か知らないうちにプリムロゼや他の仲間たちの逆鱗《げきりん》に触れるような振る舞いをしてしまったのだろうか⁉

「掟《おきて》を忘れたの？　わたしたちの組織を抜けたあなたには、制裁が下されるわ」

「掟？　組織……⁉」

プリムロゼの刺突を防ぎながら、オルベリクは尋ね返す。当然、言葉には心当たりがまったくない。このままでは埒もあかないだろう。一度話を聞くため、オルベリクは素早く攻勢に転じる。

剛剣の騎士と呼ばれたオルベリクの技である。プリムロゼの細腕に握られたサーベルでは防ぎようもない。彼女は、一発目をぎりぎりのところでかわし、しかし、弧を描くように戻ってきた二発目をよけきれず、舞台の上を転がっていく。

「くっ……」

いや違う。手ごたえはなかった。プリムロゼは自分から床を蹴って吹き飛び、転がっていったのだ。

「プリムロゼ、何故こんなことを……」

と、言ったところで、オルベリクは状況をようやく飲み込む。

「何故、何故ですって……？　私たちの組織から抜けておいて、よくも……！」

プリムロゼが話している相手は、オルベリクであってオルベリクではない。

彼が舞台の上で演じている、冷酷無比な剣士オルベリクだ。さっきから何度も言っている組織というのは、つまり、かつて所属していた暗殺剣士集団のこと。プリムロゼは、そこから放たれた刺客を、アドリブで演じているのである。

彼女なりの助け舟ということだが、さすがにこう、肝が冷えた。

「あなたは、変わってしまったわ……」

「お、俺が変わった……？」

「ええ、あんなにも孤独で、寂しい人だったあなたが……」

プリムロゼには演技プランがあるようだ。ひとまず、流れは彼女に任せるべきだろう。

幸いにも、観客の野次はすっかりおさまっている。今まさに、彼女はすべての観客の視線を独り占めにしていた。役者が違うという言葉の意味を、オルベリクは今、まざまざと見せつけられている形だ。

「あなたは……」

プリムロゼは、立ち上がり、オルベリクを一度だけ見てから、客席の方へと向き直る。

「かつて孤独な人だった。自分一人で生きていけると。いいえ、生きていかなければならないと信じて、そのために磨き上げた強さを信じていた。わたしは、そう思っていたわ」

「あ、ああ……」

オルベリクはやや気圧《けお》されながらも、彼女の言葉に相槌を打った。

腰をやって倒れてしまった座長は、観客がプリムロゼへと釘付《くぎづ》けになっている間、舞台袖に運び込まれている。いつの間にか、舞台の上に残されたのは、オルベリクとプリムロゼの二人だけになっていた。

「いつからそうだったのかはわからないわ。最初は、幸福だったはずだもの。父を殺された時からなのか。流れ流れて砂漠の街へとたどり着いた時からなのか」

「プリムロゼ、それは……」

お前のことではないか。その言葉を口にこそしなかったが、オルベリクははっきりと態度にみせた。だが、観客たちはきっと、それに気づきはしなかった。

プリムロゼは、振り返り、オルベリクを見る。彼女の瞳は、正面から射抜くように、オルベリクのことを捉えていた。これが、舞台の上であることを忘れてしまいそうなほどに、まっすぐな、真剣なまなざし。

「いつからかしら。孤独ではないと感じたのは」

これが芝居なのか、本気の問いかけなのか、その境界線はひどく曖昧だ。

彼女の語りだって、どこまでがオルベリク演じる剣士のことで、どこからがプリムロゼ本人のことであるのか、それさえもわからない。

舞台上のプリムロゼによって、いま、もっとも遠い世界に引きずり出されているのは、間違いなくオルベリクだ。

「いつから孤独ではなかったのか、か」

わずかな逡巡《しゅんじゅん》の後、オルベリクは呟く。

この場は、彼女の言葉に対して、真剣に答えなければならないような気がしたからだ。

「いつからだろうな。俺には正直わからん。だが、旅を始めたときからそうであったと、俺は信じたい」

「そう」

プリムロゼは、その言葉を聞いて、どこか満足げに微笑んだ。

「俺は……」

オルベリクは、わずかな逡巡の後に、さらに言葉を重ねた。

「俺は、おまえに、何かを言うことができたのではないかと、今でも思っている」

観客からは、自分たちの会話はどのように見えているのだろうか。

この瞬間、オルベリクの言葉は、役柄から完全に解き放たれて、目の前にいる一人の仲間を見つめている。

　彼女の問いかけに答える以上、オルベリクは自身の内側に秘めた後悔を、口にしないわけにはいかなかった。プリムロゼが孤独を感じていたというのなら、自分自身もっと、彼女に対して尽くすべき何かがあったのではないかと。

「いいえ、オルベリク」

　しかしプリムロゼは、微笑みを浮かべたまま言った。

「あなたたちの言葉は、いつもわたしの背中を押してくれたわ」

　その時に浮かべた笑みと、言葉は、演技なのか、本心なのか。

　プリムロゼ自身の言葉として、オルベリクに向けられたものなのか。あるいは、あくまでも役柄の上で発しているものなのか。彼女はサーベルを手にしたまま、舞台の上を歩きまわり、さらに、言葉を続ける。

「それが後悔や虚しさを生むことがあったとしても。その先へと進んでいくことはできる。それは、あなたたちがいてくれたからよ」

「そうか……」

　オルベリクは目を瞑り、彼女の言葉を静かに反芻《はんすう》した。

「ならば、旅は……続けられるか？」

「ええ、きっと大丈夫よ」

彼女がはっきりと頷いたのを見て、オルベリクは、胸のつっかえが取れたような感覚になった。のだ、が。

観客の、わずかなざわつきが、舞台上のふたりの元へと届く。

いきなり襲い掛かってきた女剣士が、急に和解の雰囲気を出してきたことに、戸惑っている様子だった。プリムロゼは、客席の方をちらりと見ると、ふうっと溜息をつき、サーベルを構えなおした。

「だから覚えておくことね。今回はおとなしく退いておくわ。けれど、わたしは旅を続ける。あなたを追いかけ続けるわ！」

そう言って、プリムロゼは切っ先をオルベリクに突きつけ、舞台袖へと戻っていく。

「プリムロゼ……⁉」

オルベリクは、舞台上にただ一人残された不安と、急に舞台の主役へと引き戻された動揺から彼女に呼びかけるが、既に引っ込んだプリムロゼは、こちらに小さくウインクをするだけだった。

オルベリクは深呼吸をする。

もうここまで来れば、冷酷無比な剣士として即興劇を続けることなどできはしない。あとに残っているのは、オルベリクとしての言葉だ。彼女にあのような言葉を投げかけられ、自分ならばどう返すか。

「良いだろう。いくらでも受けて立つ。俺は剣で語ることしかできない男だ」

そう言って、オルベリクは、剣の柄に手をかける。

「だが、おまえも俺の仲間だ。また必ず、共に旅をしよう」

その言葉が終わると同時に、客席の方から、大きな拍手が聞こえてくる。ちらりとそちらに目をやると、まずトレサが、次にアーフェンが、オフィーリアが、手を叩いているのが見えた。

拍手は自然と周囲に伝播していき、劇場全体が大きな喝采へ包まれていく。

「(なんとか、上手くいった、のか……)」

オルベリクは剣を掲げ、安堵のため息をつく。

彼の目には、舞台袖に引っ込んだまま、微笑みと共に頷くプリムロゼの姿が、あった。

「──まったく」

誰もいなくなった観客席を見回し、オルベリクは舞台上で溜息をつく。

「酷い演目だった」

「あら、そう？　即興劇にしては、そこそこ好評だったらしいわよ」

少し後ろの方で、プリムロゼは腰を下ろして座り込んでいる。

まぁ、実際、無理やりな畳み方ではあったものの、そこそこ好評を博した。少なくとも、当初のままでは得られなかった評価だろう。終盤、プリムロゼと対峙《たいじ》したオルベリクの演技は、それまでの大根っぷりが嘘のようだと評されている。

それはそうだ。演技ではないのだから。

「おまえが壇上にあがってきたときは、肝を冷やした」

「あら、そう？　ふふ、わたしは楽しませてもらったけど」

彼女の言い分は間違いないだろう。オルベリクとしても、あのままで良かったなどと言うつもりはない。

「あのまま、観客席にいても良かったのだけど」

オルベリクが指摘すると、プリムロゼは天井を仰いでそう言った。

「なら何故《なぜ》だ。公演が失敗すると、トレサの商売も被害をこうむるからか？」

「それもあるかもしれないわ」

それ〝も〟、か。相変わらず、ふわふわとした物言いでこちらを煙に巻いてくる。

「でもね、あの時の公演を、失敗してほしくないと思ったのは本心よ。わたし、少しだけ嬉しかったの」

「嬉しかった？　何がだ？」

「ふふ……さあね？」

「そこまで言っておきながら言ってはくれないのか」

口元に指をあてるプリムロゼを見て、オルベリクは偽らざる本音を吐露する。

しかし、嬉しかった、か。それはこちらも、同じかもしれない。

あの時、舞台の上でプリムロゼが語った言葉のことだ。あれのすべてが演技だったとは、オルベリクにも思えない。彼女が、後悔や虚しさの先へと進むために、自分たちの存在が役に立ったということ。それは、オルベリクが抱いていた小さな後悔を払拭するに、十分足るものではあった。

「あの即興劇ね。アーフェンたちにも好評だったわよ」

嬉しそうにしてくるプリムロゼの報告を聞いて、オルベリクは顔をしかめる。

「その話はあまり聞きたくはないな……」

「サイラスは驚いていたわね。『いつか解決する問題とは思っていたが、こんな形とはね』ですって」

「そうか……」

オルベリクは額を掻く。今晩は宿に帰らず、この劇場で一晩明かしてしまおうか。彼らに悪意がないとはいえ、今回の公演を酒の肴にされるのは、なんとも言えない居心地になりそうだ。

トレサの商売はそれなりにうまくいったそうだが、今回のような神がかった即興劇は次回以降は見られないだろう。そのあたりは、彼女には申し訳ないが。

「そう言えば、何にしようかしら」

弾《はず》む声で言うプリムロゼに、オルベリクは振り向いた。

「何をだ？」

「決まっているでしょう。公演が成功したら、ひとつ言うことを聞いてくれるっていう約束があったじゃない。ひょっとして、もう忘れたの？」

「なっ……それは……」

言いかけて、オルベリクは口をつぐむ。ここは何を言い返しても、男らしくない。

確かにそんな約束をした。まさか成功するとは思っていなかったので忘れていたのだ。

さすがにプリムロゼも分別をわきまえた大人だし、無茶な要求などしてこないだろうとは思っているが。

「そうだわ。ねぇ、オルベリク」

プリムロゼは、立ち上がって言った。

「決まったか？」

「ええ、一緒に踊ってくださらない？　今、ここで」

あまり予想だにしていなかった彼女の言葉に、オルベリクは面食らう。

「構わんが、ここでか？」

音楽もない。観客もいない。照明は片隅に置かれたランプだけ。踊るにはあまりにも寂しい場所ではないだろうか。だがプリムロゼは、それでも気にしないというように、首を縦に振った。

「ええ。わたし、他の誰かと舞台の上で踊ったことがないの」

その言葉に、どういう意味が込められているのか。あるいは、意味なんてなくて、ただ単に口をついて出た言葉だったのか。オルベリクには知るよしもない。だが、約束をたがえるつもりがない以上、彼女がやるというのなら、やるのだ。

「ふむ……。良いだろう」

そう言って、オルベリクは荷物を床に置く。

「あら、もう少し慌てるかと思ったわ」

「期待に沿えなくて悪かった」

オルベリクは、プリムロゼと片手を合わせ、そしてもう片方の腕も絡ませる。意外とスムーズな仕草に、彼女は少しだけ驚いた顔を見せた。つま先で床を叩き、リズムを取ると、誰もいない舞台の上で、二人はゆっくりと身体を揺らし始める。

「お上手……。騎士の嗜みね」

「……」

オルベリクは言葉を発さず、静かに首肯《しゅこう》する。これでも社交界の礼儀という奴は、ずいぶんうるさく躾《しつ》けられた。こんな形で役に立つとは思っていなかったが。

「意外か？」

「いいえ」

プリムロゼは笑った。

「素敵よ、オルベリク。ありがとう」

「それは……いや」

何に対する礼なのかと問いかけて、オルベリクはやめた。無粋な質問はよそう。

今宵、自分は誰もいない舞踏会で、一人の淑女をエスコートする騎士なのだから。彼女が嬉しそうに踊っている以上、それを見守り、付き合い続けるのがナイトの務めというやつだろう。

「あなたは、本当にまっすぐな人なのね」

「そういう生き方しかできないからな」

時を忘れて踊り続ける二人を、揺れるランプの炎だけが、静かに見守っていた。

エピローグ

「かんぱーい‼」

掲げられた八つのジョッキがぶつかり合う。なみなみと注がれた中身が衝撃でわずかにこぼれるが、彼らは気にした様子もない。

グランポートの酒場は、閉幕を迎えたばかりの大競売の余韻を残し、そこかしこで熱気冷めやらぬ商人たちが、儲《もう》け話やらなにやらに花を咲かせている。だが、この八人の熱たるや、それに勝るとも劣らぬ勢いだ。

「いやー、終わったなー！」

飲み干したジョッキをテーブルに叩《たた》きつけて、アーフェンが上機嫌な声をあげる。

「終わったわねー！」

「長い旅でした」

トレサとオフィーリアも、それに次いで頷《うなず》く。

「まさか、ここまで一人も欠けることなく来れるとはね」

「ああ、大した怪我《けが》もなく、何よりだな」

サイラスの言葉には、オルベリクが同意を示した。

「怪我もそうだけど、なんだかんだいって、みんな付き合いが良かったわね」

「まったくだ。出発点も目的地も違うわたしたちの旅が、同じところで終わるとは」

これはプリムロゼとハンイットだ。彼女たちの言う通り、ここには道中を共にした八人の旅人が一同に会し、今まさに、その旅が最後の一ページを終えたことを祝っている。

「………」

そんな中、黙ってジョッキを傾けている最後の一人の肩に、アーフェンががっと腕をのせる。

「テリオーン！　こういう時くらいちっとは騒ごうぜ！」

「断る。おたくこそ、こういう時くらい静かにしたらどうだ」

「いやいや、騒ぐもんだろ！　静まり返ってどーすんだよ！」

突き放したような物言いをするテリオンだが、彼もまた八人の旅に最後までついてきた一人だ。輪には加わらないなりに、思うところはあるのだろう。

宴会は続き、最後ということで色んな話題が出る。

なにしろ八人分の旅路だ。積み重ねてきたものも軽くはない。

「あたしはやっぱり、ドラゴンと戦ったことね！」

これまでの道筋を振り返り、トレサは笑顔で言う。

「ずっと長いこと旅を続けてきたけど、まさかドラゴンと戦うことになるなんて思わなかったし！　事前にわかってれば、もっと色んな準備をしてきたんだけど……」

「準備って、なんだよ？」

「そりゃあ、ドラゴンの素材をいろいろ持ち帰って、商品として売る準備よ……。あの時は状況が状況だったから……そうは行かなかったけど」

アーフェンの問いかけに、さも当然のように答える。

「思い出の話をするならば、私は十二神の祠《ほこら》を見つけたことだろうか」

ジョッキを傾けながら、サイラスが言う。

「豪武匠や魔剣士などに纏《まつ》わる多くの知識は、伝承にわずかに残るばかりで失われていたからね。しかるべき手順で調査と研究を進めれば、より多くの発見があるだろう」

「だったらわたしは、オルベリクが舞台の主役を張ったことかしら」

「その話はよせ」

プリムロゼの言葉を聞いて、オルベリクが顔をしかめる。

思い出話に花が咲くなか、床で寝そべるリンデを撫《な》でながら、ハンイットがふと疑問を口にした。

「旅は終わったわけだが、これから、みんなはどうするんだ？」

その瞬間、会話が途切れる。みんなが一斉にハンイットの方を向き、それから、互いに顔を見合わせた。

「あたしは、ひとまずリプルタイドに戻るかな。お父さんとお母さんに話を聞かせてあげたいし……」

トレサが椅子《いす》に背を預けて、真っ先に切り出す。

「そうですね。わたしも、一度フレイムグレースに帰ります。旅が終わったことを……、ヨーセフお父さまのお墓にご報告したいですし」

ほとんど全員が同じ答えだ。アーフェンはクリアブルックに、サイラスはアトラスダムに、ハンイットはシ・ワルキに、オルベリクもコブルストンに帰る。

「テリオンさんはどうするの？」

「さぁな」

相変わらずだんまりのテリオンは、短くそう答えるだけだ。

「これまでと変わらんさ。盗賊稼業を続けるだけだ」

「なーんだ。レイヴァースさんの家で執事の仕事とかしてくれればいいのに」

「……何故《なぜ》それをお前が決めるんだ」

「だって、テリオンさんがいれば、ほら、あたしも商品を売りに行きやすいし……」

「お断りだ」

トレサの言葉が終わるか終わらないかのうちに、テリオンはぴしゃりと言って、彼女の言葉を打ち切った。トレサは不満そうに頰《ほお》を膨らませている。

「……プリムロゼさんは、これからどうするのですか？」

オフィーリアが、最後に彼女の方を見る。

他の七人は、みな旅を始める前の生活に戻るだけだが、彼女だけはそうもいかない。ノーブルコートに戻り、レブロー男爵の世話になるという道もあるが、もちろんそれだって幾つもある選択肢のうちのひとつだ。

「ふふ……。さて、どうしようかしらね」

プリムロゼはいつもの曖昧《あいまい》な表情を浮かべて、煙に巻くように笑う。

「もし良かったら、わたしの家に来てもらっても構わないぞ。師匠には話しておくし、リンデも喜ぶ」

「ああ、それは名案ね。あなたたちの家を巡《めぐ》り歩くのも楽しそうだわ」

そんなハンイットとプリムロゼの会話を眺めていたオルベリクは、しばらく腕を組んで黙り込んでいたが、やがてこんなことを口にした。

「ならば、もう少し旅を続ける……というのは、どうだ？」

「え？」

そこで初めて、驚いたような顔を見せるプリムロゼ。すると、オルベリクの隣の席で、サイラスも頷いている。

「ああ、実はオルベリクには少し相談をしていたことなんだがね。私はいったんアトラスダムに戻る予定ではあるんだが……もう少し、調べたいことがあるんだ」

とは言え、学者の一人旅はさすがに心細い。オルベリクがコブルストンに戻り、ある程度落ち着いたら、調査の旅に付き合ってはもらえないかと、そういう相談をしていたのだという。

「おいおいなんだよ、水臭いじゃねぇか！」

少し酒の入ったアーフェンが、勢いよく席を立つ。

「サイラス！　まだ用があるってんなら俺も行くぜ！　だいたいその二人じゃ、怪我したときに誰が診るんだ⁉」

「すまない、アーフェン君。君ならそう言ってくれると思っていたし、今日この場で話すつもりではいたんだよ」

サイラスは苦笑しながら、アーフェンを両手で落ち着かせようとする。それから、その場にいる全員の顔を見回して、彼は引き続き提案をした。

「一度、それぞれの故郷に戻ってからが良いとは思っていたが、どうだろう。もし君たちさえ良ければ、このまま旅を続けるというのは。もちろん、トレサ君は旅の話を御両親に報告したいだろうから、まずみんなでリプルタイドに向かうことにはなるが」

「サイラスさん、それは……！」

オフィーリアも、珍しく勢いつけて席を立つ。両手をテーブルの上に載せたまま、正面からまじまじとサイラスを見た。

「わたしたちでまだ旅が続けられるということ……ですよね？」

「もちろんだとも、オフィーリア君」

「それは、とても……素敵なことだと思います！」

いつもはお淑《しと》やかで穏やかなオフィーリアだが、この時ばかりは喜びを隠しきれない様子だ。それを見て、プリムロゼも嬉《うれ》しそうな笑みを浮かべている。

「わたしも賛成よ。ふふ、なんだか嬉しいわね」

「ああ」

ハンイットも頷く。

「実は……まだ行きたいところや気になる場所があるのはわたしも同じなんだ。あなたたちと一緒に行けるなら、心強い」

オルベリクとサイラスは、仲間たちの同意を聞きつつ、次にトレサを見る。

トレサは何かを数えるようなそぶりを見せていたが、しまいにはふうっとため息をつき、『良かったぁ……！』と漏らした。

「ここで全員の旅が終わるなら、武器やリーフの分配をしなきゃって思ってたのよね……。けっこうたくさんあるから、お勘定が大変だなって……」

「いつも勘定ありがとう、トレサ君……」

必要な時は手伝うよ、とサイラスは付け加える。

「……お前はどうする。テリオン」

相変わらず、会話の中に一切加わろうとしなかった無口な盗賊へと視線をやり、オルベリクが問いかけた。彼は、話を聞いているのかいないのか、目を瞑ったままだったが、空になったジョッキをテーブルの上に置くと、静かに口を開いた。

「おたくらだけで、宝箱の鍵を開けられるのか？」

「ってことは、テリオン、お前……！」

嬉しそうに声をあげるアーフェンをちらりと見て、テリオンは続ける。

「ついて行ってやっても良い。だがその前に、エールを一杯もらおう」

彼のその言葉を受けて、仲間たちは一斉に歓声に包まれる。

「そそ、そうだわ！　そう言えばグランポートの地下水道に、テリオンさんがいなくて開けられなかった宝箱があったのよ！　それだけじゃなくて、ええと、えっと……」

「落ち着けトレサ」

地図を取り出して印をつけ始めるトレサを見て、ハンイットが苦笑いを浮かべる。

即座に届いた追加注文分のエールジョッキをテリオンに渡して、上機嫌に声をあげるのはアーフェンだ。

「よーし、じゃあ、次の旅の出発を祝って、乾杯しようぜ乾杯！」

「なに、アーフェン、またやるの？」

そう言いつつも、まんざらではない様子で、プリムロゼがジョッキを手に取る。

「旅はもうしばらく続く、か」

「でも、わたし嬉しいです。次にフレイムグレースへ帰ったとき、ヨーセフお父様に報告することは、たくさんあった方が良いですから」

「私も同感だよ」

オルベリクの言葉に、オフィーリアが頷き、そして最後にサイラスが同調する。

「これからの旅路も、これまでと同じで、きっと掛け替えのないものになる」

「ああ、そうだな」

八人は、それぞれジョッキを手にし、みんなそれを一斉に高く掲げた。アーフェンの取る音頭に合わせて、口を揃《そろ》えて叫ぶ。

「八人の旅に！」

『八人の旅にっ‼』

旅の締めくくりから、さらに続く旅の景気づけへと名目を変えたこの日の宴会は、まだしばらくの間、終わりそうにはなかった。

OCTOPATH TRAVELER®
～八人の旅人と四つの道草～

著者　鰤／牙　Blitz/Kiva

1988年生まれ。埼玉県出身。ネット小説での同人活動を続け、2014年に『VRMMOをカネの力で無双する』（ホビージャパン）でデビュー。その他『クラスまるごと人外転生』（ホビージャパン）、『ヒュプノスゲーム』『辞令 王子征四郎、高校入学を命ず』（共にKADOKAWA）など。現在は漫画原作、ソーシャルゲームのライティング、TRPG関連書籍のライティングなどでも活動中。

イラスト　生島直樹　Ikushima Naoki

スクウェア・エニックス 第二開発事業本部ディビジョン6（浅野チーム）所属メインキャラクターデザイナー。代表作は『オクトパストラベラー』『ブレイブリーデフォルト』『ブレイブリーセカンド』など。

GAME NOVELS
オクトパストラベラー
～八人の旅人と四つの道草～

2019年7月20日　初版発行
2023年4月21日　3刷発行

原　作　『オクトパストラベラー』

著　者　鰤／牙
イラスト　生島直樹
監修・協力　『オクトパストラベラー』開発チーム
ブックデザイン　井尻幸恵

発行人　松浦克義

発行所　株式会社スクウェア・エニックス
〒160-8430
東京都新宿区新宿6-27-30
新宿イーストサイドスクエア

<お問い合わせ>
スクウェア・エニックス サポートセンター
https://sqex.to/PUB

印刷所　凸版印刷株式会社

ISBN978-4-7575-6185-4 C0293